神木

刘庆邦 著

人民文学出版社

图书在版编目(CIP)数据

神木/刘庆邦著.—北京：人民文学出版社，2018

(中国中篇经典)
ISBN 978-7-02-014221-7

Ⅰ.①神… Ⅱ.①刘… Ⅲ.①中篇小说-小说集-中国-当代 Ⅳ.①I247.5

中国版本图书馆 CIP 数据核字(2018)第 086083 号

责任编辑　甘　慧　杜玉花
装帧设计　汪佳诗
封面绘画　Candy 田

出版发行　人民文学出版社
社　　址　北京市朝内大街 166 号
邮政编码　100705
网　　址　http://www.rw-cn.com

印　　制　山东临沂新华印刷物流集团有限责任公司
经　　销　全国新华书店等

字　　数　150 千字
开　　本　890 毫米×1240 毫米　1/32
印　　张　7.75
插　　页　2
版　　次　2018 年 10 月北京第 1 版
印　　次　2018 年 10 月第 1 次印刷

书　　号　978-7-02-014221-7
定　　价　45.00 元

如有印装质量问题,请与本社图书销售中心调换。电话:010-65233595

目录

001
神木

133
到城里去

神　木

一

冬天。离旧历新年还有一个多月。天上落着零星小雪。在一个小型火车站，唐朝阳和宋金明正物色他们的下一个点子。点子是他们的行话，指的是合适的活人。他们一旦把点子物色好了，就把点子带到地处偏远的小煤窑办掉，然后以点子亲人的名义，拿人命和窑主换钱。这项生意他们已经做得轻车熟路，得心应手，可以说做一项成功一项。他们两个是一对好搭档，互相配合默契，从未出过什么纰漏。按他们的计划，年前再办一个点子就算了。一个点子办下来，每人至少可以挣一万多块。如果运气好的话，也许会突破两万块大关。回老家过个肥年不成问题。

火车站一侧有一家敞篷小饭店,饭店门口的标牌上写着醒目的广告,卖正宗羊肉烩面、保健羊肉汤、烧饼和多种下酒小菜。唐朝阳对保健羊肉汤产生了兴趣,他骂了一句,说:"现在什么都保健,就差搞野鸡不保健了。"一位端盘子的小姑娘迎出来,称他们"两位大哥",把他们请进篷子里坐下。他们点了两碗保健羊肉汤和四个烧饼,却说先不要上,他们还要喝点酒。他们的心思也不在酒上,而是在车站广场那些两条腿的动物上。两人漫不经心地呷着白酒。嘴里有味无味地咀嚼着四条腿动物的杂碎,四只眼睛透过三面开口的敞篷,不住地向人群中睃寻。离春节还早,人们的脚步却已显得有些匆忙。有人提着豪华旅行箱,大步流星往车站入口处赶。一个妇女走得太快,把手上扯着的孩子拖倒了。她把孩子提溜起来,照孩子屁股上抽两巴掌,拖起孩子再走。一个穿红皮衣的女人,把手机捂在耳朵上,嘴里不停地说话,脚下还不停地走路。人们来来往往,小雪在广场的地上根本存不住,不是被过来的人带走了,就是被过去的人踩化了。呆着不动的是一些讨钱的乞丐。一个上年纪的老妇人,跪伏成磕头状,花白的头发在地上披散得如一堆乱草,头前放着一只破旧的白茶缸子,里面扔着几个钢镚子和几张毛票。还有一个年轻女人，坐在水泥地上，腿上放着一个仰躺着的小孩子。小孩子脸色发白，闭着双眼，不知是生病了，还是饿坏了。年轻女人面前也放着一只讨钱用的搪瓷茶缸子。人们来去匆匆，看见他们如看不见，很少有人往茶缸里丢钱。唐朝阳和宋金明不能明白，元旦也好，春节也罢，只不过都是时间上的说法，又不是人的发情期，那些数不清的男人和女人，干吗为此变得慌里慌张、骚动不安呢！

这二人之所以没有发起出击，是因为他们暂时尚未发现明确的目标。他们坐在小饭店里不动，如同狩猎的人在暗处潜伏，等候猎取对象出现。猎取对象一旦出现在他们的视野之内，他们会马上兴奋起来，并不失时机地把猎取对象擒获。他们不要老板，不要干部模样的人，也不要女人，只要那些外出打工的乡下人。如果打工的人成群结帮，他们也会放弃，而是专挑那些单个儿的打工者。一般来说，那些单个儿的打工者比较好蒙，在二对一的情况下，用不了多大一会儿工夫，被利诱的打工者就如同脖子里套上绳索一样，不用他们牵，就乖乖地跟他们走了。他们没发现单个儿的打工者，倒是看见三几个单个儿的小姐，在人群中游荡。小姐打扮妖艳，专拣那些大款模样的单行男人搭讪。小姐拦在男人面前嘀嘀咕咕，搔首弄姿，有的还动手扯男人的衣袖，意思让男人随她走。大多数男人态度坚决，置之不理。少数男人趁机把小姐逗一逗，讲一讲价钱。待把小姐的热情逗上来，他却不是真的买账，撇下小姐扬长而去。只有个别男人绷不住劲，迟迟疑疑地跟小姐走了，到不知名的地方去了。唐朝阳和宋金明看得出来，这些小姐都是野鸡，哪个倒霉蛋儿要是被她们领进鸡窝里，就算掉进了黑窟窿，是公鸡也得逼出蛋来。他们跟这些小姐不是同行，不存在争行市的问题。按他们的愿望，希望每个小姐都能赚走一个男人，把那些肚里长满板油的男人好好宰一宰。

端盘子的小姑娘过来问他俩，这会儿上不上羊肉汤。

唐朝阳回过眼来，把小姑娘满眼瞅着，问："你们这里有没有保健野鸡汤？"

宋金明听出唐朝阳肚子里在冒坏汤儿，也盯紧小姑娘的嘴唇，看她怎样回答。小姑娘腰身瘦瘦的，脖子细细的，看样子是刚从乡下雇上来的黄毛丫头，还没开过胯，还没经过大阵仗。正是这样的生坯子，用起来才有些意思。女人身上一旦起了软肉，就不再是柴鸡的味道，而是用化学饲料催长的肉鸡的味道。小姑娘好看的嘴唇动了动，说她不知道有没有保健野鸡汤。

"你们饭店里有保健羊肉汤,难道就没有保健野鸡汤吗?野鸡汤本钱也不高,比卖羊肉汤来钱快多了。"唐朝阳说。

小姑娘说,她去问一问老板,转身进屋去了。

宋金明朝唐朝阳脚杆子上踢了一下:"去你妈的,别想好事儿了。要想弄成事儿,恐怕五百块都说不下来。"

"一千块我也干!"

老板从屋里出来了,是一位少妇。少妇身前身后都起了不少软肉,比小姑娘逊色多了。少妇说:"两位大哥真会开玩笑,你们把羊肉汤喝足了,还愁喝不到野鸡汤吗!"少妇把红嘴往旁边的洗头泡脚屋一努,说那里面就有,想喝多久喝多久,口对口喝都没人管。

唐朝阳看出老板娘不是个善茬儿,不再提要野鸡汤的事,说:"把羊肉汤端上来吧。"

他俩注意到了,小饭店的左侧是一个挂着黑漆布帘子的放像室,一男一女堵在门口卖票收钱,四块钱放进去一位,时间不限。门口立着一个黑色立体声音箱,以把录像带上的声音同步传播出来作为招徕。音箱里一阵一阵传出来的大都是女人的声音,她们像是被什么东西塞住了音道,发音吐字一点也不清晰。右侧是一家美容美发兼洗头泡脚的小屋门面,门面的大玻璃窗上写着两行红字："低位消费，到位服务。"这样的小屋唐朝阳和宋金明都进去过，别看小屋门面不大，里面的世界却深得很，往往要七拐八拐，进了旁门，还有左道，有时还要上楼下楼。等到了单间，小姐转出来，一对一的洗和泡就可以进行了。当然了，他们洗的是第二个头，泡的是第三只脚。

小姑娘把保健羊肉汤端上来了。羊肉汤是用砂锅子烧的，大概因为砂锅子太烫手，小姑娘是用一个特制的带手柄的铁圈套住砂锅子，才分两次把热气腾腾的羊肉汤端上桌的。唐朝阳和宋金明一瞅，汤汁子白浓浓的，上面洒了几珠子金黄的麻油，酽酽的老汤子的香气直往鼻腔子里钻。二位拿起调羹，刚要把"保健"的滋味品尝一下，唐朝阳往车站广场瞥了一眼，说声："有了！"几乎是同时，宋金明也发现了他们所需要的人选，也就是来送死的点子。二人很低快地对视了一下，眼里都闪射出欣喜的光点。这种欣喜是恶毒的。他们不约而同地把调羹放下了。一个点子就是一堆大面值的票子，眼下，票子还带着两条腿，还会到处走动，他们决不会放过。由于心情激动，他们急于攫取的手稍稍有些发抖，调羹放回碟子时发出了微响。宋金明站起来了，说："我去钓他！"

如同当演员做戏一样，宋金明从敞篷小饭店出来时，没忘了带着他的一套道具，这就是一个用塑料蛇皮袋子装着的铺盖卷儿，一只式样过时的、坏了拉锁的人造革提兜。提兜的上口露出一条毛巾。毛巾脏污得有些发黑，半截在提兜里，半截在兜外耷拉着。这样的道具容易被打工者认同。

二

被宋金明跟踪的目标走过车站广场，向售票厅走去。目标的样子不是很着急，目的性似乎也不太明确。走过车站广场时，他仰起脸往天上看了一会儿，像是看一下天阴到什么程度，估计一下雪会不会下大。看到利用孩子讨钱的那个妇女，他也远远地站着看了一会儿。他没有走近那个妇女，更没有给人家掏钱。目标到售票厅并没有买票，他到半面墙壁大的列车时刻表下看看，到售票窗口转转，就出去了。目标走到门外，有一个人跟他搭话。宋金明顿时警觉起来，他担心有人撬他们的行，把他们选中的点子半路劫走。宋金明紧走两步，想接近目标，听听那人跟他们的目标说什么，以便见机行事，把目标夺过来。宋金明的担心多余了，他还没听见两人说什么，两人就错开了，一人往里，一人往外，各走各的路。

目标下了售票厅门口的水泥台阶，看见脚前扔着一个大红的烟盒，烟盒是硬壳的，看上去完好如新。目标上去一脚，把烟盒踩扁了。他没有马上抬脚，转着脖子左右环顾。大概没发现有人注意他，他才把烟盒捡起来了。他伸着眼往烟盒里瞅，用两个指头往烟盒里掏。当证实烟盒的确是空纸壳子时，他仍没舍得把烟盒扔掉，而是顺手把烟盒揣进裤子口袋里去了。

这一切，宋金明都看在眼里。目标左右环顾时，他的目光及时回避了，装作什么都没看见。目标定是希望能从烟盒里掏出一卷子钱来，烟盒空空如也，不光没钱，连一根烟卷也不剩，未免让他的可爱的目标失望了。通过这一细节，宋金明无意中完成了对目标的考察，他因此得出判断，这个目标是一个缺钱和急于挣钱的人，这样的人最容易上钩。事不迟疑，他得赶快跟他的目标搭上话。

车站广场一角有一个报刊亭，目标转到那里站下了，往亭子里看着。报刊亭三面的玻璃窗内挂满了各类花里胡哨的杂志，几乎每本杂志封面上都印有一个漂亮女人。宋金明掏出一支烟，不失时机地贴近目标，说："师傅，借个火。"

目标回过头来，看了宋金明一眼，说他没有火。

既然没有火，宋金明就把烟夹在耳朵上走了，像是找别人借火去了。他当然不会真走，走了几步又折回来了，对目标说："我看着你怎么有点面熟呢？"还没等目标对这个问题作出反应，他的第二个问题跟着就来了，"师傅这是准备回家过年吧？"

目标点点头。

"离过年还有一个多月呢，回家那么早干什么！"

"不回家去哪儿呢？"

"我们联系好了一个矿，准备去那里干一段儿。那里天冷，煤卖得好。那儿回来的人说，在那个矿干一个月，起码可能挣这个数。"说着弯起一个食指勾了一个九。他见目标的眼睛亮了一下，随即把代表钱数的指头收起来了。这时，有个吸烟的人从旁边路过，他过去把火借来了。他又掏出一支烟，让目标也点上。目标没有接，说他不会吸烟。宋金明看出目标心存戒心，没有勉强让他吸，主动与目标拉开距离，退到一旁独自吸烟去了。一旁有一个长方形的花坛，春夏季节，花坛里当有花儿开放，眼下是冬季，花坛里只剩下一些枯枝败叶。有些带刺的枯枝子上，挂着随风飘扬的白塑料袋，像招魂幡一样。花坛四周，垒有半腿高的水泥平台。宋金明的铺盖卷儿放在地上，在台面上坐下了。对于钓人，他是有经验的。钓人和钓鱼的情形有相似的地方，你把钓饵上好了，投放了，就要稳坐钓鱼台，耐心等待，目标自会慢慢上钩。你若急于求成，频频地把钓饵往目标嘴边送，很有可能会把目标吓跑。

果然，目标绕着报刊亭转了一圈，磨蹭着向宋金明挨过来。目标向宋金明接近时，眼睛并没有看宋金明，像是无意之中走到宋金明身边去的。

宋金明暗喜，心说，这是你自己送上门来找死，可不能怨我。他没有跟目标打招呼。

目标把一直背在肩上的铺盖卷放下来了，他的铺盖卷也是用蛇皮塑料袋子装的。并没人作出规定，可近年来，外出打工的人几乎都是用蛇皮袋子装铺盖。若看见一个人或一群人，背着臃肿的蛇皮袋子在路边行走，不用问，那准是从乡下出来的打工族。蛇皮袋子仿佛成了打工者的一个标志。目标把铺盖卷放得和宋金明的铺盖卷比较接近，而且都是站立的姿势。在别人看来，这两个铺盖卷正好是一对。宋金明注意到了目标的这一举动。他拿铺盖卷作道具，他的道具还没怎么耍，有人就跟他的道具攀亲家来了。有那么一瞬间，他产生了一点错觉，仿佛不是他钓人家，而是打了颠倒，是人家来钓他，准备把他钓走当点子换钱。

他在心里狠狠打了一个手势，赶紧把错觉赶走了。

目标咳了咳喉咙，问宋金明刚才说的矿在哪里。

宋金明说了一个大致的地方。

目标认为那地方有点远。

"那是的，挣钱的地方都远，近处都是花钱的地方。"

"你是说，去那里一个月能挣九百块？"

"九百块是起码数，多了就不敢说了。"

"你一个人去？"

"不，还有一个伙计，在那边等我。我来买票。"

目标不说话了，低着头，一只脚在地上来回擦。他穿的是一种黑胶和黑帆布黏合而成的棉鞋，这种鞋内膛较大，看上去笨头笨脑。宋金明知道，一些缺乏自信的打工者，都愿意把有限的钱藏在这种棉鞋里。他不知道这个家伙鞋膛里装的是不是钱。宋金明试探似的把目标的棉鞋盯了盯，目标就把脚收回去了，两只脚并在了一处。宋金明看出来了，他选定的目标是一个老实蛋子。在眼下这个世界，是靠头脑和手段挣钱。像这种老实蛋子，虽然也有一把子力气，但到哪里都挣不到什么钱，既养活不了老婆，也养活不了孩子。这样的笨蛋只适合给别人当点子，让别人拿他的人命一次性地换一笔钱花。

目标开始咬钩了,他问宋金明:"我跟你们一块儿去可以吗?"

宋金明没有答应,他还得继续拿钓饵吊目标的胃口,让自愿上钩者把钢钩咬实,他说:"恐怕不行,人家只要两个人,一下子去三个人算怎么回事。"

目标说:"我去了,保证不跟你们争活儿,要是没我的活儿干,我马上回家。我说话算话,你要是不信,我可以赌咒。"

宋金明制止了他的赌咒。赌咒是笨人才用的办法。笨人没办法让别人相信他,只有采取精神自残的赌咒作践自己。赌咒算个狗屁,现在都什么时候了,谁还相信咒语?宋金明说:"这事儿我说了不算,活儿是我那个伙计联系的,只能跟他说一下试试。"

宋金明领着目标往小饭店走。走到那个头一直磕在地上的老妇人跟前,宋金明让目标等等,从口袋里掏出一把钱,抽出一张一块的,丢进老妇人的茶缸里去了。老妇人这才抬起头来,但很快又把头磕下去,说:"好人一路平安,好人一路平安……"宋金明走到那个抱孩子的年轻女人面前,一下子往茶缸里放了两块钱。年轻女人说的话跟老妇人的话是一个模子,也是"好人一路平安"。

跟在宋金明身后的目标想跟宋金明学习,也给乞亏舍点钱，但他的手在口袋里摸索了一会儿，到底没舍得掏出钱来。

唐朝阳看见了宋金明带回的点子，故意装作看不见，只问宋金明买票了没有。

宋金明说："还没买。这个师傅想跟咱一块儿去干活。"

唐朝阳登时恼了，说："扯×××，什么师傅！我让你去买票，你带回个人来，这个人是能当票用，还是能当车坐！"

宋金明嗫嚅着，做出理亏的样子，解释说："我跟他说了不行，他还是想见见你。不信你问问他，我说了不行没有？"

点子说："不能怨这位师傅，他确实说过不行。我一听他说你们准备去矿上干，就想跟你们搭个伴，去矿上看看。"

"怎么，你在矿上干过？"

"干过。"

唐朝阳和宋金明很快地交换了一下眼神，唐朝阳的口气变得稍微缓和些。他要借机把这个点子调查一下，看他都在哪个地方的矿干过，凡是他去过的矿，就不能再去，以免露出破绽，留下隐患。唐朝阳说："看不出你还是个挖煤的老把式，你都在什么地方干过?"

点子说了两个矿名。

唐朝阳把两个矿名默记一下,又问点子:"这两个矿在哪个省?"

点子说了省名。

调查完毕,唐朝阳还向点子问了一些闲话,比如这两个矿怎么样?能不能挣到钱?点子一一作了回答。这时,唐朝阳还不松口,还在玩欲擒故纵的把戏,他说:"不行呀,我看你岁数太大了,我怕人家不要你。"

点子说:"我长得老相,显得岁数大。其实我还不到四十岁。连虚岁才三十八。"

唐朝阳没有说话,微笑着摇了摇头。

点子不知是计,顿时沮丧起来。他垂下头,眼皮眨巴着,看样子要把眼睛弄湿。

唐朝阳看出点子在作可怜相,真想在点子面门上来一记直拳,把点子捅一个满脸开花。这种人没别的本事,就会他妈的装装可怜相,让人恶心。这种可怜虫生来就是给人作点子的,留着他有什么用,办一个少一个。唐朝阳已经习惯了从办的角度审视他的点子,这好比屠夫习惯一见到屠杀对象就考虑从哪里下刀一样。这个点子戴一顶单帽子,头发不是很厚,估计一石头下去，能把颅顶砸碎。即使砸不碎，也能砸扁。他还看到了点子颈椎上鼓起的一串算盘子儿一样的骨头，如果用镐把从那儿猛切下去，点子也会一头栽倒，再也爬不起来。不过，在办的过程中，稳准狠都要做到，一点也不能大意。他同时看出来了，这个点子是一个肯下苦力的人，这种人经过长期劳动锻炼，都有一股子笨力，生命力也比较强。对这种人下手，必须一家伙打蒙，使他失去反抗能力，然后再往死里办。要是不能做到一家伙打蒙，事情办起来就不能那么顺利。想到这里，唐朝阳凶歹歹地笑了，骂了一句说："你要是我哥还差不多，我跟人家说说，人家兴许会收下你。"

宋金明赶紧对点子说："当哥还不容易，快答应当我伙计的哥吧。"

点子见事情有了转机，慌乱不知所措，想答应当哥又不敢应承。

"你到底愿意不愿意当我哥？"唐朝阳问。

"愿意，愿意。"

"那你姓什么？叫什么？"

"姓元，叫元清平。"

"还有姓元的，没听说过。那，老元不就是老鳖吗？"

"是的，是老鳖。"

"要当我的哥，你就不能姓元了。我姓唐，你也得姓唐。"

唐朝阳对宋金明说："宋老弟，你给我哥起个名字。"

宋金明早就准备好了一串名字，但他颇费思索似的说："我这位老兄叫唐朝阳，这样吧，你就叫唐朝霞吧。"

唐朝阳说："什么唐朝霞，怎么跟个娘们名字似的。"

宋金明说："先有朝霞，后有朝阳，他是你哥，叫朝霞怎么不对！"

点子已经认可了，说："行行，我就叫唐朝霞。"

唐朝阳对宋金明说："×你妈的，你还挺会起名字，起的名字还有讲头。"他冷不丁地叫了一声，"唐朝霞！"

叫元清平的人一时没反应过来，好像不知道平空而来的唐朝霞是代表谁，有些愣怔。

"×你妈的，我喊你，你怎么不答应！"

元清平这才愣过神来，"哎哎"地答应了。

"从现在起，那个叫元清平的人已经死了，不存在了，活着的是唐朝霞，记清楚了？"

"记清楚了!"

"哥!"唐朝阳又考验似的喊了一声。

这次改名唐朝霞的人反应过来了,只是他答应得不够气壮,好像还有些羞怯。

唐朝阳认为这还差不多,"这一弄,我们成了桃园三结义了。"他招呼端盘子的小姑娘,"来,再上两碗羊肉汤,四个烧饼。"

宋金明知道唐朝阳把刚才要的两碗羊肉汤都用了,却明知故问:"你呢?你不吃了?"

唐朝阳说他刚才饿得等不及,已吃过了。这是给他们两个要的。

唐朝霞说他不吃,他刚才吃过饭了。

唐朝阳说:"我们既然成了兄弟,你就不要客气。"

"吃也可以,我是当哥的,应该我花钱,请你们吃。"

唐朝阳又翻下脸子,说:"你有多少钱,都拿出来!"

唐朝霞没有把钱拿出来。

"再跟我外气,你就不是我哥,你走你的阳关道,我钻我的黑煤窑!"

唐朝霞不敢再外气了。从唐朝阳野蛮的亲切里,他感到自己遇上够哥们儿的好人了。他哪里知道,喝了保健羊肉汤,一跟人家走,就算踏上了不归之路。

三

他们三人坐了火车坐汽车,坐火车向北,然后坐长途汽车往西扎,一直扎到深山里。山里有了积雪,到处白茫茫的。这里的小煤窑不少,哪里把山开肠破肚,挖出一些黑东西来,堆在雪地里,哪里就是一座小煤窑。一些拉煤的拖拉机喘着粗气在山区路上爬行。路况不太好,拖拉机东倒西歪,像是随时会翻车。但它们没有一辆翻车的,只撒下一些碎煤,就走远了。山里几乎看不见人,也没什么树木。只能看见用木头搭成的三角井架,和矮趴趴的屋顶上伸出的烟筒。还好,每个烟筒都在徐徐冒烟,传达出屋子里面的一些人气。唐朝阳往来路打量了一下,嫌这里还不够偏远,带着宋金明和唐朝霞继续西行。他胸有成竹的样子,说快到了。他们还拦了一辆拉煤的空拖拉机,爬上了后面的拖斗。司机说:"小心把你们冻成肉棍子!"唐朝阳说:"冻得越硬越好,用的时候就不用吹气了。"

他们又往西走了几十里，唐朝阳选了一处窑口堆煤比较少的煤窑，他们才下了路，向小煤窑走去。接近窑口一侧的房子时，唐朝阳让宋金明和唐朝霞在外面等一会儿，他去找窑主接头。

宋金明和唐朝霞找到屋后一个背风的地方，冻得缩着脖，揣着手，来回乱走。按以往的经验，唐朝霞没几天活头了，顶多不会超过一星期。于是，宋金明就想跟唐朝霞说点笑话，让他在有限的日子里活得愉快些。他问："唐朝霞，你老婆长得漂亮吗？"

"不漂亮。"

"怎么不漂亮？"

"大嘴叉子。"

"嘴大了好哇，听人说女人嘴大，下面也大，生孩子利索。你老婆给你生了几个孩子？"

"两个，一个男孩儿，一个女孩儿。"

"男孩儿大女孩儿大？"

"男孩儿大。"

"女孩多大了？"

"十四。"

"让你闺女给我当老婆怎么样，我送给她一万块钱当彩礼。"

唐朝霞恼了，指着宋金明说："你，你……你骂人！"

宋金明乐了，说："×你大爷，跟你说句笑话你就当真了。我老婆成天价在家里闲着，我还娶你闺女干什么。说实话，我现在最担心的就是我老婆跟别人睡。我问你，你长年在外面跑，你老婆会不会跟别的男人干？"

"不会。"

"你怎么敢肯定不会？"

"我们那儿的男人都出来了。"

"噢，原来是这样，拔了萝卜净剩坑了。哎，你给我写个条，我去找嫂子干一盘怎么样？"

这一次唐朝霞没恼，说："想去你去呗，写条干什么！"

大约有一袋烟的工夫，唐朝阳从窑主屋里出来了，站在门口喊："哥，哥。"

宋金明和唐朝霞赶紧从屋子后面转出来，向唐朝阳走去，这时窑主也从屋里出来了。窑主上身穿着皮夹克，下身穿着皮裤，脚上还穿着深腰皮鞋，从上到下全用其他动物的皮包装起来。窑主的装束全是黑的，鼓鼓囊囊，闪着漆光。有一种食粪的甲虫，浑身上下就是这般华丽。窑主出来并不说话，嘴里咬着一个长长的琥珀色的烟嘴，烟嘴上安着点燃的香烟。唐朝阳把唐朝霞介绍给窑主，说："这是我哥。"

窑主瞥了一眼唐朝霞，没有说话。

唐朝霞往唐朝阳身边贴了贴，说："这是我弟弟，亲弟弟。"

窑主说："废话！"

唐朝阳又把宋金明介绍给窑主，说："他是我们的老乡，跟我们一块儿来的。"

窑主把牙上咬着的烟嘴取下来，弹了一下烟灰，问："你们真的下过窑？"

三个人都说真的下过。

"最近在哪儿下的？"

唐朝阳说了一个地方。

"为什么不在那儿下了？"窑主问话的声音并不高，但里面透出步步紧逼的威严，仿佛要给外面闯进山里来的陌生人来一个下马威。

这当然难不住唐朝阳和宋金明，他们有一整套对付窑主的办法，或者说，他们干的营生就是专门从窑主口袋里挖钱，对每一个装腔作势的窑主，他们都从心里发出讥笑。但他们表面上装得很谦卑，甚至有些委琐，跟没见过任何世面的土包子一样。唐朝霞就是这种样子。不过，他的样子不是装出来的，是真的。他已经被窑主的威严吓住了。

唐朝阳答："那个矿冒了顶，砸死了两个人。"

窑主说："死两个人算什么！吃饭就要拉屎，开矿就要死人，怕死就别到窑上来！"

唐朝阳连连点头称是。他确实很赞成窑主的观点，心里说："你狗×的说得真对，老子就是来给你送死人的，你等着吧！"

宋金明补充说："按说死两个人是不算什么，可是，死人的事不知怎么走漏了消息，上面的人坐着小包车到那个矿上一看，马上宣布停产整顿。"

窑主不爱听这个，他的手挥了一下，说："整顿个×，再整顿也挡不住死人！"

宋金明还有话要说，这些话都是经过他精心构思的，是经过实践证明行之有效的。他把这些话说出来，是要刺激一下窑主，让窑主把信息储存在脑子里。这样，就等于为下一步和窑主讲条件时埋下了伏笔，到时他把伏笔稍微利用一下，窑主就得小心着，他就可以牵着窑主的鼻子走。他说："我们在那里等了几天，想跟矿主算一下账。干等长等也见不到矿主的面。后来才知道，矿主也被人家上面的人……"

窑主打断了宋金明的话。他果然受到了刺激，有些存不住气，说："咱丑话说在前面，我也不能保证我这个矿不死人。有句话说得好，要奋斗就会有牺牲，死人的事是经常发生的。当然了，谁开矿也不希望死人。这样吧，你们干两天我看看。我说行，你们就接着干。我看着不是那么回事，你们马上卷铺盖走人。这两天先不发钱，算是试工。按说我应该收你们的试工费，看你们都是远地方来的，挣点钱不容易，试工费就免了。"

三个人连说"谢谢矿主"。

下窑第一天，唐朝阳和宋金明没有动手消灭代号为唐朝霞的点子，他们把力气暂时用在消灭煤炭上了。他们一到窑底，就起了杀人的心，就想把点子办掉。但窑主要试工，他们就得先忍着。等试工结束，窑主签下一份使用他们的字据，再把点子办掉，窑主就赖不掉账了。唐朝阳和宋金明不时地交换一下眼色，他们的眼睛在黑暗里仍闪闪发光。在他们看来，窑底下太适合杀人了，简直就是天然的杀人场所。把矿灯一熄，窑底下漆黑一团，比最黑暗的夜都黑，在这里出手杀个把人，谁都看不见。别说人看不见，窑底下没有神，没有鬼，离天和地也很远，杀了人可以说神不知，鬼不知，天不知，地不知。就算杀人时会发出一些钝声，被杀者也许会呻吟，但窑底和上面的人间隔着千层岩万仞山，谁会听得见呢！窑底是沉闷的，充满着让人昏昏欲睡的腐朽和死亡气息，人一来到这里，像服用了某种麻醉剂一样，杀人者和被杀者都变得有些麻木。不像在地面的光天化日之下，杀一个人轻易就被渲染成了不得的大事。更主要的是，窑底自然灾害很多，事故频繁，时常有人竖着进来，横着出去。在窑底杀了人，很容易就可以说成天杀，而不是人杀。唐朝阳和宋金明以前就是这么干的，他们很好地利用了窑底下的自然条件，把杀人夺命的事毫无保留地推给了窑下的压力、石头，或木头梁柱。这一次，他们也准备照此办理。

他们三个包了一个采煤掌子，打眼，放炮，用镐刨，把煤放下来，然后支棚子。他们三个人都很能干。特别是唐朝霞，定是为了表现一下自己，以赢得两个伙伴的信任，他冲在放煤前沿，干得满头大汗，一会儿都不闲着。如果单从干活的角度看，点子唐朝霞的确算得上一位挖煤的好把式。可是，挖出的煤再多，卖的钱都让窑主得了，他们才能挣多少一点钱呢！宋金明在心里对他们的点子说，对不起，只好借你的命用用。

负责往外运煤的是另外两个窑工，他们领来一辆骡子拉着的带胶皮轱辘的铁斗子车，装满一车，就向窑口底部拉去。把煤卸在那里，返回来再装再拉。每当空车返回来时，唐朝霞就抄起一张大锹，帮人家装车。当着运煤工的面，唐朝阳愿意表现一下对唐朝霞的亲情，他夺过唐朝霞手中的大锹，说："哥，你歇会儿，我来装。"手中没有了大锹，唐朝霞仍不闲着，用双手搬起大些的煤块往车上扔。唐朝阳对哥的爱护进一步升级，他以生气的口气说："哥，哥，你歇一会儿行不行！你一会儿不磨手，手上也不会长牙！"唐朝霞以为唐朝阳真的在爱护他，也承认唐朝阳是他弟弟，说："老弟，你放心，累不着你哥。"

这一天，全窑比平常日子多出了好几吨煤，窑主感到满意。

第二天，唐朝阳和宋金明仍没有打死点子。兄弟和哥哥的关系似乎更亲密了。窑主到他们所在的采煤掌子悄悄观察时，唐朝阳仿佛长着第三只眼睛，窑主往掌子边一站，他就知道了。但他装作什么也不知道，只是不离唐朝霞身边，左一个哥右一个哥地叫。唐朝霞正用一只铁镐刨煤帮，他一把将唐朝霞拖开了，说："哥，小心穿帮！"他夺住哥手中的铁镐，要自己去刨。哥不松铁镐，说："兄弟，没事，穿不了帮！"兄弟说："没事也不行，万一出点事就晚了。咱爹对咱们是咋说的，说钱挣多挣少没关系，千万要注意安全！"兄弟一提"咱爹"，当哥的也得随着往"咱爹"上想。当哥的爹已经死了，眼下要重新认一个"咱爹"，他脑

027

子里还得转一个弯子。他转弯子时，手稍有放松，他的好兄弟就把铁镐夺过去了。唐朝阳身手矫健，镐尖刨在煤帮上像雨点一样，而落煤纷纷流泻下来，汇积如雨水。

宋金明心里明镜似的，暗骂唐朝阳真他妈的会演戏，戏越演越熟练了。他的戏演得越熟练，越充满亲情味，点子越死得不明白，窑主也会进到戏里出不来。

窑主说话了："看来你们真在别的矿上干过。"

"是矿主呀，你老人家是不是检查我们的工作来了？"唐朝阳说。

"说不上检查，随便下来看看。什么矿主矿主的，我听着怎么跟称呼地主一样，我姓姚。"

唐朝阳改称他姚矿长。

窑主身边还站着一个人，大概是窑主的随从或保镖一类的人物。窑主到窑下来，牙上还咬着那根琥珀色的长烟嘴，只是烟嘴上没有安烟。窑主把烟嘴取下来指点着他们说："我记住了，你们俩姓唐，是弟兄俩；你姓宋。没错吧？"

"姚矿长真是好记性。怎么样，姚矿长能给我们一碗饭吃吗？"宋金明问。

"吃饭好说，关键是泡妞儿。你们挣那么多钱，泡妞儿不泡？"

对这个突如其来的问题，三个人的反应不尽一致，宋金明的回答是："不泡，泡不起。"唐朝霞不知没听清还是没听懂，他问："泡什么？"唐朝阳理解，窑主这是在跟他们说笑话，透露出对他们的认可，愿意跟他们打成一片，他问："上哪儿泡？"

窑主说："哪儿不能泡！哪儿有水，哪儿就有妞儿，哪儿能洗脚，哪儿就能泡妞儿。"

唐朝阳说："妞儿谁不想泡，人生地不熟的，我们不敢哪。"

窑主笑了，说："那有什么可怕的，见妞儿就泡，替天行道。替天行道你们懂不懂，这是老天爷交给你们的光荣任务。你们要是完不成任务，或者任务完成得不好，老天爷下辈子就把你们的家伙剜掉，把你们变成妞儿，让人家泡你们。"

唐朝阳虚心地说："姚矿长这么一说，我们就懂了。等姚矿长给我们发了饷，我们争取完成任务。"

唐朝霞像是这才把泡妞儿的话听懂了，他嘿嘿地笑着，显得很开心。

这天上了窑，窑主就着人通知他们，试工结束，他们可以在本矿干了，多劳多得，实行计件工资。工资一月一发。希望他们春节期间也不要回家，春节期间工资翻倍。

宋金明和唐朝阳找到窑主，问能不能签一个正式的用工合同。

窑主说："签什么合同，我这里从来不兴签那玩意儿。石头凿的煤窑，流水的窑工。想在我这儿挣钱，就挣。不想挣了，自有人挤着脑袋来挣。"

二人只好作罢。

四

事情不宜再拖，第四天，唐朝阳和宋金明作出决定，在当天把他们领来的点子在窑下办掉。

唐朝阳和宋金明都听说过，不管哪朝哪代，官家在处死犯人之前，都要优待犯人一下，让犯人吃一顿好吃的，或给犯人一碗酒喝。依此类推，他们也要请唐朝霞吃喝一顿，好让唐朝霞酒足饭饱地上路。这种送别仪式是在第三天晚上从窑下出来时举行的。他们三个人，乘坐一个往上拉煤的敞口大铁罐从窑底吊上来时，上面正下大雪。冬日天短，他们每天上窑，天都黑透了。今天快升到窑口时，觉得上头有些发白，以为天还没黑透呢。等雪花落在脖子里和脸上，他们才知道下大雪了。宋金明说:"下雪天容易想家,咱们喝点酒吧。"

唐朝阳马上同意:"好,喝点酒,庆贺一下咱们顺利留下来做工的事。咱先说好,今天喝酒我花钱,我请我哥,宋老弟陪着。你们要是不让我花钱,这个酒我就不喝。"

不料唐朝霞坚持他要花钱,他的别劲上来了,说:"要是不让我花钱,我一滴子酒都不尝。我是当哥的,老是让兄弟请我,我还算个人吗!"他说得有些激动,好像还咬了牙,表明他花钱的决心。

唐朝阳看了宋金明一眼,作出让步似的说:"好好好,今天就让我哥请。长兄比父,我还得听我哥的。反正手心手背都是肉,我弟兄俩谁花钱都是一样。"

他们没有洗澡,带着满身满头满脸的煤粉子,就向离窑口不远的小饭馆走去。窑上没有食堂,窑工们都是在独此一家的小饭馆里吃饭。小饭馆是当地一家三口人开的,夫妻俩带着一个女儿,据说小饭馆的女老板是窑主的亲戚。等走到小饭馆门口,他们全身上下就不黑了,雪粉覆盖了煤粉,黑人变成了白人。女老板热情地迎上去,递给他们扫把,让他们扫身上的雪。雪一扫去,他们又成了黑人,只是眼白和牙齿还是白的。唐朝阳让唐朝霞点菜。唐朝霞说他不会点。

唐朝阳点了一份猪肉炖粉条，一份白菜煮豆腐，一份拆骨羊头肉，还要了一瓶白酒。唐朝霞让唐朝阳多点几个菜，说吃饱喝饱不想家。点好了菜，唐朝霞说他去趟厕所，出去了。宋金明估计，唐朝霞一定是借上厕所之机，从身上掏钱去了，他的钱不是缝在裤衩上，就是藏在鞋里。宋金明没把他的估计跟唐朝阳说破。

宋金明估计得不错，唐朝霞到屋后的厕所撒了一泡尿，就蹲下身子，把一只鞋脱下来了。鞋舌头是撕开的，里面夹着一个小塑料口袋。唐朝霞从塑料口袋里剥出两张钱来，又把钱口袋塞进棉鞋舌头里去了。

菜上来了，酒倒好了，唐朝霞说喝吧，那二人却不端杯子。唐朝阳看着唐朝霞说："你是当哥的，今天又是你花钱，你不喝谁敢喝。"宋金明附和唐朝阳说："你是朝阳的哥，就等于是我的哥，千里来走窑，这是咱们的缘分哪！大哥，你说两句吧。"

唐朝霞眨巴眨巴黑脸上的眼白，喉咙里吭哧了一会才说："我不会说话呀，我说啥呢，你们两个都是好人，我遇上好人了，天底下还是好人多呀。从今以后，咱弟兄们同甘苦，共患难，来，咱们一块喝，喝起。"唐朝霞把一杯酒喝干了，摇摇头，说他不会喝酒，喝两杯就上头。

唐朝阳和宋金明计划好了要"优待"他们的点子

一下，用酒肉给点子送行，他们当然不会放过点子唐朝霞。于是，这两个笑容满面的恶魔，轮番把点子喊成大哥，轮番向点子敬酒。等不到明天这个时候，他们的点子就该上西天去了，他们已提前看到了这一点。在敬酒的时候，他们话后面都有话，像是对活人说的，又像对死人的魂灵说的。一个说："大哥，我敬你一杯，喝了这杯你就舒服了。"另一个说："大哥，我敬你一杯，喝了这杯，你就能睡个踏实觉，就不想家了。"一个说："大哥，我再敬你一杯，喝了这杯，我有什么做得不对的地方，你就可以原谅我了。"另一个说："大哥，我再敬你一杯，我祝你早日脱离苦海，早日成仙。"唐朝霞的舌头已经发硬，他说："喝，死……死我也要喝……"唐朝霞提到了死，跟那两个人心中的阴谋对了点子，两个人不免吃了一惊，互相看了一下。

唐朝阳突然抱住唐朝霞的一只手，很动感情地对唐朝霞说："哥，哥，我对你照顾得不好，我对不起你呀！"

唐朝霞大概受到了感染，加上他喝多了酒，真把唐朝阳当成自己一娘同胞的亲兄弟了，他说："兄弟，我看你是喝多了，不是兄弟你对不起哥，是哥对你照顾不周，对不起你呀！"唐朝霞说着，两眼竟流出了泪水。泪水把眼圈的煤粉冲洗掉了，眼肉显得特别红。

女老板和女儿见他们说着外乡话，交谈得这么动感情，站在灶间门里向他们看着。女老板对女儿说："这弟兄俩真够亲的。"

唐朝阳和宋金明把唐朝霞架着拖进作宿舍用的一眼土窑洞里，唐朝霞往铺着谷草垫子的地铺上一瘫软，就睡去了。雪停了，灰白的寒光一阵阵映进窑洞。唐朝阳也睡了。宋金明担心唐朝霞因饮酒过度会死过去，那样，他们千里迢迢弄来的点子就作废了，他们就会空喜欢一场。他把点子的脸扭得迎着门口的雪光，用巴掌拍着点子死灰般的脸，说："哎，哥们儿，醒醒，起来脱了衣服睡，你这样会着凉的。"点子没有反应。他顺着把点子看了看，看到了点子脚上穿着的棉鞋。他心生一计，脱下点子的棉鞋试一试，看看点子的钱是不是藏在棉鞋里。他先给点子盖上被子，说："盖上被子睡。来，我帮你把鞋脱掉。"他两手抓住点子的一只鞋刚要往下脱，点子脚一蹬，把他蹬开了。点子嘴里还含糊不清地说了一句什么。宋金明顿时有些激动，他试出来了，点子没有死。更重要的是，点子的钱藏在鞋里是毫无疑问的了。这个秘密他不能让唐朝阳知道，等把点子办掉后，他要相机把点子藏在鞋里的钱取出来，自己独得。这时，唐朝阳说了一句话，唐朝阳说:"睡吧,没事儿。"宋金明的一切念头正在鞋里,唐朝阳猛地一说话,把他吓了一跳。在那一瞬间,他产生了一点错觉,仿佛他正从鞋里往外掏钱,被唐朝阳看见了。为了赶走错觉,他问唐朝阳:"你还没睡着吗?"唐朝阳没有吭声。他不能断定,刚才唐朝阳说的是梦话,还是清醒的话。也许唐朝阳在睡梦里,还对他睁着一只眼呢,他对这个阴险而歹毒的家伙还是多加小心才是。

说来他们把点子办掉的过程很简单,从点子还是一个能打能冲的大活人,到办得一口气不剩,最多不过五分钟时间,称得上干脆,利索。

人世间的许多事情都是这样,准备和铺垫花的时间长,费的心机多,结果往往就那么一两下子就完事了。十月怀胎,一朝分娩,说的就是这个意思。

在打死点子之前,他们都闷着头干活,彼此之间说话很少。唐朝阳没有再和生命将要走到尽头的点子表示过多的亲热,没有像亲人即将离去时做的那样,问亲人还有什么话要说。他把手里的镐头已经握紧了,对唐朝霞的头颅瞥了一次又一次。在局外人看来,他们三个哥们儿昨晚把酒喝兴奋了,今天就难免有些压抑和郁闷,这属于正常。

宋金明还是想把心情放松一下,他冒出了一句与办掉点子无关的话,说:"我真想逮个女人×一盘!"

前面说过,唐朝阳和宋金明的配合是相当默契的,唐朝阳马上理解了宋金明的用意,配合说:"想×女人,想得美!我在煤墙上给你打个眼,你干脆×煤墙得了。要不这么着也行,一会儿等运煤的车过来了,咱瞅瞅拉车的骡子是公还是母,要是母骡子的话,我和我哥把你送进骡子的水门里得了!"

宋金明说:"行,我同意,谁要不送,谁就是骡子操的。"

二人一边说笑,一边观察点子,看点子唐朝霞笑不笑。唐朝霞没有笑。今天的唐朝霞,情绪不大对劲,像是有些焦躁。唐朝阳打了一个眼,他竟敢指责唐朝阳把眼打高了,说那样会把天顶的石头崩下来。唐朝阳当然不听他那一套,问他:"是你技术高还是我技术高?"

唐朝霞偏头偏脸,说:"好好,我不管,弄冒顶了你就不能了。"

"我就是要弄冒顶,砸死你!"唐朝阳说。

宋金明没料到会出现这种局面,唐朝阳这样说话,不是等于露馅了吗!他喝住唐朝阳,质问他:"你怎么说话呢?有对自己的哥哥这样说话的吗?你说话知道不知道轻重?不像话!"

唐朝霞赌气退到一边站着去了，嘴里嘟囔着说："砸死我，我不活，行了吧！"

唐朝阳的杀机被点子的话提前激出来了，他向宋金明递了个眼色，意思是他马上就动手。他把铁镐在地上拖着，在向点子身边接近。

宋金明制止了他，宋金明说："运煤的车来了。"

唐朝阳听了听，巷道里果然传来了骡子打了铁掌的蹄子踏在地上的声响。亏得宋金明清醒，在办理点子的过程中，要是被运煤的撞见就坏事了。

运煤的车进来后，唐朝霞就不赌气了，抄起大锹帮人家装煤。这是这个人的优点，跟人赌气，不跟活儿赌气，不管怎样生气也不影响干活儿。如此肯干的好劳动力，撞在两个黑了心的人手里，真是可惜了。

骡子的蹄声一消失，两个人就下手了。宋金明装着无意之中把点子头上戴的安全帽和矿灯碰落了。他这是在给唐朝阳创造条件，以便唐朝阳直接把镐头击打在点子脑袋上，一家伙把点子结果掉。唐朝阳心领神会，不失时机，趁点子弯腰低头捡安全帽，他镐起镐落，一下子击在点子的侧后脑上。他用的不是镐尖，镐尖容易穿成尖锐的伤口，使人怀疑是他杀。他把镐头翻过来，使用镐头的铁库子部分，将镐头变成一把铁锤，这样怎样击打出现的都是钝伤，都可以把责任推给不会说话的石头。当铁镐与点子的头颅接触时，头颅发出的是一声闷响，一点也不好听。人们形容一些脑子不开窍的人，说闷得敲不响，大概就是指这种声音。别看声音不响亮，效果却很好，点子一头拱在煤窝里了。

点子唐朝霞没有喊叫，也没有发出呻吟，他无声无息地就把嘴巴啃在他刚才刨出的黑煤上了。他尽力想把脸侧转过来，看一看究竟发生了什么事，但他的努力失败了。他的脸像被焊在煤窝里一样，怎么也转不动。还有他的腿，大概想往前爬，但他一蹬，脚尖那儿就一滑。他的腿也帮不上他的忙了。

紧接着，唐朝阳在他"哥哥"头上补充似的击打了第二镐，第三镐，第四镐。当唐朝阳打下第二镐时，唐朝霞竟反弹似的往前蹿了一下，蹿得有一尺多远，可把唐朝阳和宋金明吓坏了。不过他们很快发现，这不过是唐朝霞在作垂死挣扎，连第三镐、第四镐都是多余。因为唐朝霞在蹿过之后，腿杆子就抖索着往直里伸，当直得不能再直，突然间就不动了。正如平常人们说的，他已经"蹬腿"了。

尽管如此，宋金明还是搬起一块石头，重重地砸在唐朝霞头上了。这一石头，他是在为自己着想，是为下一步的效益平均分配打下更坚实的基础。石头砸下去后，就压在唐朝霞头上没有弹起来。有血从石头底下流出来了，静静地，流得不慌不忙，看样子血的浓度不低。血的颜色一点也不鲜艳，看上去不像是红的，像是黑的。在矿灯的照耀下，血流的表面发出一层蓝幽幽的光。在不通风的采煤掌子，一股腥气迅速弥漫开来。

唐朝阳和宋金明对视了一下，脸上露出胜利的微笑。

这是他们联手办掉的第三个点子。

不知出于何种心理，宋金明上去把压在唐朝霞后脑上的石头用脚蹬开了，并把唐朝霞的身子翻转过来。刚把唐朝霞的身子翻得仰面朝上，宋金明就有些后悔，他看见，唐朝霞的双眼是睁着的，睁得比平时要大。他说："看什么看，再看你也不认识我们。"他抓起煤面子往唐朝霞两只眼睛上撒。奇怪，煤面子撒在唐朝霞眼上，唐朝霞的眼睛不光眨都不眨，好像睁得更大了。唐朝霞的眼球上好像有一层玻璃质，煤面子一落上去就自动滑脱了。无奈，宋金明只得又把唐朝霞翻得眼睛朝下。

这时，唐朝阳跟宋金明开了一个不合时宜的玩笑，他说："我哥记住你了，小心我哥到阴间跟你算账！"

宋金明骂了唐朝阳一句狠的，还说："闭上你那不长牙的竖嘴!"

为了使事情做得更逼真,他们又往顶板上轰了一炮,轰下许多石头来,让石头埋在唐朝霞身上。这样一制造,不管让谁看,都得承认唐朝霞是死于冒顶事故。

五

运煤的车返回来后,唐朝阳刚听到一点骡子的蹄声,就嘶声喊叫起来:"哥,哥,你在哪儿呀?……"

宋金明迎着运煤的车跑过去,说:"快快,掌子面冒顶了,唐朝阳的哥哥埋进去了!"

两个运煤的窑工二话没说,丢下骡子车,让骡子自己拉着走,他们跑着,随宋金明到掌子面去了。

唐朝阳一边扒石头,一边哭喊:"哥,哥,你千万别出事!哥,哥,你听见了吗?你一定要挺住!"

宋金明和两个运煤的窑工也扑上去帮着扒。其中一个窑工安慰唐朝阳说:"别哭别哭,你哥哥兴许还有救。"

骡子自己拉着铁斗子车到掌子面来了,到了掌子面它就站下了。骡子似乎对人类之间的小伎俩早就看透了，它不愿多看，也不屑于看。它目光平静，一副超然的神态。

唐朝霞被扒出来了，唐朝阳把他扶得坐起来，晃着他的膀子喊："哥，你醒醒！哥，你说话呀！哥，我是朝阳，我是你弟弟朝阳呀……"

这趟车没有装煤，他们把喊不应的唐朝霞抬到车斗子里，由唐朝阳怀抱着，向窑口方向拉去。把唐朝霞放进铁罐里往地面上提升时，唐朝阳和宋金明都同时上去了。铁罐提到半道，宋金明捅了唐朝阳的肚子一下，提醒他注意流眼泪。唐朝阳说："去你妈的，你还怪舒服呢！"

铁罐一见天光，唐朝阳复又哭喊起来，他这次喊的是"救命啊，快救命——"在窑上的人听来，像是唐朝阳自己的生命受到了严重威胁。

窑主听见呼救跑过去了，问怎么回事。窑主并不显得十分慌张，手里还拿着烟嘴和烟。

宋金明从铁罐里翻出来了，唐朝阳搂抱着唐朝霞的脖子，一时还没出来。唐朝阳弄得满身是血，脸上也有血。在光天化日之下，血显得比较红了。唐朝阳没有立即回答窑主的问话，而是把唐朝霞搂得更紧些，哭着对唐朝霞说话："哥，你醒醒，矿长来了，救命恩人来了！"他这才对矿长说，"我哥受伤了，赶快把我哥送医院，救救我哥的命！"

窑主转向问宋金明怎么回事。

宋金明受冻不过似的全身抖索着，嘴唇子苍白得无一点血色，说："掌子面冒顶了，把唐朝霞埋进去了。我和唐朝阳，还有两个运煤工，扒了好大一会儿才把唐朝霞扒出来。我们是一块儿出来的，要是唐朝霞有个好歹，我们怎么办呢！"他声音颤抖着，流出了眼泪。

唐朝阳和宋金明是交叉感染，互相推动。见宋金明流了眼泪，唐朝阳作悲作得更大些，"哥，哥呀，你这是怎么啦？你千万不能走呀！你赶快回来，咱们回去过年，咱不在这儿干了……"他痛哭失声，眼泪流得一塌糊涂。

听见哭声，窑上的其他工作人员，在窑洞里睡觉的窑工，还有小饭馆的一家人，都跑过来了。窑主让人快拿副担架来，把受伤的人抬出来，放到担架上。他挥着手，让别的人都散开，该干什么干什么，这里没什么可看的。围观的人都没有散开，他们退后了一两步，又都站下了。

唐朝霞被放置在担架上之后，唐朝阳还是嚷着赶快把他哥送医院抢救。一个围观的人说："不行了，肯定没救了,头都砸得瘪进去了,再抢救也是白搭。"

小饭馆的女老板看见唐朝霞大睁着的眼睛,吓得惊叫一声,急忙掩口,说:"哎呀,吓死我了,还不赶快把他的眼皮给他合上。"

窑主猛吸了两口烟,蹲下身子,颇为内行似的给唐朝霞把脉,同时看了看唐朝霞的眼睛。把完脉,看完眼睛,窑主站起来了,说:"脉搏一点儿也没有了,瞳孔也放大了,看来人是不行了。"窑主着两个人把死者抬到澡堂后面那间小屋里去。

唐朝阳像是不同意窑主作出的结论,哭嚷着:"不,不,我哥昨天还好好的,我们还一块儿喝酒,怎么说不行就不行了呢?"

窑主说:"这要问你们自己,你们说自己技术多么高,结果怎么样?刚干几天就冒了顶,就给我捅了这么大的娄子。"

唐朝阳和宋金明都听见了,窑主把他们的说法接过去了,也说事故是冒顶造成的。这说明,他们已经初步把自以为是的窑主蒙住了,窑主没有怀疑唐朝霞的死因。这使他们甚感欣慰和踏实。

宋金明把冒顶的说法又强调了一下,他说:"谁愿意让冒顶呢,谁也不愿意让冒顶。矿长对我们不错,我们正想好好干下去,谁想到会出这么大的事呢!"

澡堂后面的小屋是一间空屋,是专门停尸用的,类似医院的太平间。唐朝霞被放在停尸间后,那些围观的人也跟过去了。窑主发了脾气,说:"你们谁他妈的不走,我就把谁关进小屋里去,让谁在这里守灵!"那些人这才退走了。

小屋有门无窗,屋前屋后都是雪。门是板皮钉成的,发黑的板皮上写着两个粉笔字:天堂。门口下面也积有一些雪。小屋够冷的,跟冰窖也差不多,尸体在这里放几天不成问题。

窑主让一个上岁数的人把死者的眼睛处理一下,帮死者把眼皮合上。那人把两只手掌合在一起快速地搓,手掌搓热后,分别捂在死者的两只眼睛上暖,估计暖得差不多了,就用手掌往下抿死者的眼皮。那人暖了两次,抿了两次,都没能把死者的眼皮合上。

唐朝阳借机又哭:"我哥这是挂念家里亲人,挂念俺爹俺娘,挂念俺嫂子,还有侄子侄女儿。我哥他死得太惨了,他这是死不瞑目啊!"他对宋金明说,"你快去找地方打个电报,叫俺爹来,俺嫂子来,俺侄子也来。天哪,我怎么跟家里人交代,我真该死啊!"

宋金明答应找地方去打电报,低着头出去了。他没看窑主,他知道窑主会跟在他后面出来的。果然,他刚转过小屋的屋角,窑主就跟出来了,窑主问他准备去哪里打电报。宋金明说他也不知道。窑主说只有到县城才能打电报，县城离这里四十多里呢！宋金明向窑主提了一个要求，矿上能不能派人骑摩托车把他送到县城去。他看见一个大型的红摩托天天停在窑主办公室门口。窑主没有明确拒绝他的要求，只是说："哎，咱们能不能商量一下。你看有必要让他们家来那么多人吗？"窑主让宋金明到他办公室去了。

宋金明心里明白，他们和窑主关于赔偿金的谈判已正式拉开了序幕，谈判的每一个环节都关系到所得赔偿金的多寡，所以每一句话都要斟酌。他把注意力重新集中了一下，说："我理解唐朝阳的心情，他主要是想让家里亲人看他哥最后一眼。"

窑主还没记清死者的名字叫什么，问："唐朝阳的哥哥叫什么来着？"

"唐朝霞。"

"唐朝阳作为唐朝霞的亲弟弟，完全可以代表唐朝霞的亲属处理后事，你说呢？"

"这个事情你别问我，人命关天的事，我说什么都不算，你只能去问唐朝阳。"

说话间唐朝阳满脸怒气地进来了，指责宋金明为什么还不快去打电报。

宋金明说："我现在就去。路太远，我想让矿长派摩托车送送我。"

"坐什么摩托,矿长的摩托能是你随便坐的吗!你走着去,我看也走不大你的脚。你还讲不讲老乡的关系,死的不是你亲哥,是不是?"

窑主两手扶了扶唐朝阳的膀子,让唐朝阳坐。唐朝阳不坐。窑主说:"小唐,你不要太激动,听我说几句好不好。你的痛苦心情我能理解,这事搁在谁头上都是一样。事故出在本矿,我也感到很痛心。可是,事情已经出了,咱们光悲痛也不是办法,总得想办法尽快处理一下才是。我想,你既然是唐朝霞的亲弟弟,完全可以代表你们家来处理这件事情。我不是反对你们家其他成员来,你想想,这大冷的天,这么远的路,又快过年了,让你父亲、嫂子来合适吗?再累着冻着他们就不好了。"

唐朝阳当然不会让唐朝霞家里的人来,他连唐朝霞的家具体在哪乡哪村还说不清呢。但这个姿态要做足,在程序上不能违背人之常情。同时,他要拿召集家属前来的事吓唬窑主,给窑主施加压力。他早就把一些窑主的心思吃透了,窑上死了人,他们最怕张扬,最怕把事情闹大。你越是张扬,他们越是捂着盖着。你越是要把事情闹大,他越是害怕,急于把大事化小,小事化了。别看窑主一个二个牛气哄哄的,你牵准了他的牛鼻子，他就牛气不起来，就得老老实实跟你走。更重要的是，他们这一闹腾，窑主一跟着他们的思路走，就顾不上深究事故本身的细节了。唐朝阳说："我又没经过这么大的事，不让俺爹俺嫂子来怎么办呢！还有我侄子，他要是跟我要他爹，我这个当叔的怎么说！"唐朝阳又提出一个更厉害的方案，说，"不然的话，让我们村的支书来也行。"

窑主当即拒绝："支书跟这事没关系，他来算怎么回事，我从来不认识什么支书不支书！"窑主懂，只要支书一来，就会带一帮子人来，就会说代表一级组织如何如何。不管组织大小，凡事一沾组织，事情就麻烦了。窑主对唐朝阳说："这事你想过没有，你们那里来的人越多，花的路费越多，住宿费、招待费开销越大，这些费用最后都要从抚恤金里面扣除，这样七扣八扣，你们家得的抚恤金就少了。"

唐朝阳说："我不管这费那费，我只管我哥的命。我哥的命一百万也买不来。我得对得起我哥！"

"你要这么说，咱就不好谈了！"窑主把吸了一半的烟从烟嘴上揪下来，扔在地上，踏上一只脚碾碎，自己到门外站着去了。

唐朝阳没再坚持让宋金明去打电报，他又到停尸的小屋哭去了。他哭的声音很大，还把木门拍得山响，

"哥,哥呀,我也不活了,我跟你走。下一辈子,咱俩还做弟兄……"

窑主又回到屋里去了,让宋金明去征求一下唐朝阳的意思,看唐朝阳希望得到多少抚恤金。宋金明去了一会儿,回来对窑主说,唐朝阳希望得到六万。窑主一听就皱起了眉头,说:"不可能,根本不可能,简直是开玩笑,干脆把我的矿全端给他算了。哎,你跟唐朝阳关系怎样?"

"我们是老乡,离得不太远。我们是一块儿出来的。唐朝阳这人挺老实的,说话办事直来直去。他哥更老实。他爹怕他哥在外边受人欺负,就让他哥俩一块儿出来,好互相有个照应。"

"你跟唐朝阳说一下,我可以给他出到两万,希望他能接受。我的矿不大,效益也不好,出两万已经尽到最大能力了。"

宋金明心里骂道:"去你妈的,两万块就想打发我们,没那么便宜!四万块还差不多。"他答应跟唐朝阳说一下试试。宋金明到停尸屋去了一会儿,回来跟窑主说,唐朝阳退了一步,不要六万了,只要五万块,五万块一分也不能少了。窑主还是咬住两万块不涨价,说多一分钱也没有。事情谈不下去,宋金明装作站在窑主的立场上,给窑主出了个主意,他说:"我看这事干脆让县上煤炭局和劳动局的人来处理算了，有上面来的人压着头，唐朝阳就不会多要了，人家说给多少就是多少。"

窑主把宋金明打量了一下说："要是通过官方处理，唐朝阳连两万也要不到。"

宋金明说："这话不该我说，让上面的人来处理，给唐朝阳多少，他都没脾气。这样你也省心，不用跟他费口舌了。"

宋金明拿出了谈判的经验，轻轻几句话就打中了窑主的痛处。窑主点点头，没说什么。窑主万万不敢让上面的人知道他这里死了人，上面的人要是一来，他就惨了。九月里，他矿上砸死了一个人，不知怎么走漏了消息，让上面的人知道了。小车来了一辆又一辆，人来了一拨又一拨，又是调查，又是开会，又是罚款，又是发通报，可把他吓坏了。电视台的记者也来了，扛着"大口径冲锋枪"乱扫一气，还把"手榴弹"捣在他嘴前，非要让他开口。在哪位来人面前，他都得装孙子。对哪一路神，他都得打点。那次事故处理下来，光现金就花了二十万，还不包括停产造成的损失。临了，县小煤窑整顿办公室的人留下警告性的话，他的矿安全方面如果再出现重大事故，就要封他的窑，炸他的井。警告犹在耳边，这次死人的事若再让上面的人知道，花钱更多不说，恐怕他的矿真得关张了。须知快该过年了，人人都在想办法敛钱。县上的有关人员正愁没地方下蛆，他们要是知道这个矿死了人，无不争先恐后来个大量繁殖才怪。所以窑主做的第一件事就是封锁消息。他给矿上的亲信开了紧急会议，让他们分头把关，在死人的事作出处理之前，任何人不许出这个矿，任何人不得与外界的人发生联系。矿上的煤暂不销售，以免外面来拉煤的司机把死人的消息带出去。特别是对唐朝阳和宋金明，要好好"照顾"他们，让他们吃好喝好，一切免费供应。目的是争取尽快和唐朝阳达成协议，让唐朝阳早一天签字，把唐朝阳哥哥的尸体早一天火化。

六

当晚，唐朝阳和宋金明不断看见有人影在窑洞外面游动，心里十分紧张，大睁着眼，不敢入睡。唐朝阳小声问宋金明："他们不会对咱俩下毒手吧？"宋金明说："敢，无法无天了呢！"宋金明这样说，是给唐朝阳壮胆，也是为自己壮胆，其实他自己也很恐惧。他们可以把别人当点子，一无仇二无冤地把无辜的人打死，窑主干吗不可以一不做二不休地把他们灭掉呢！他们打死点子是为了赚钱，窑主灭掉他们是为了保钱，都是为了钱。他们打死点子，说成是冒顶砸死的。窑主灭掉他们，也可以把他们送到窑底过一趟，也说成是冒顶砸死的。要是那样的话，他们可算是遭到报应了。宋金明起来重新检查了一下门，把门从里面插死。窑洞的门也是用板皮钉成的，中间裂着缝子。门脚下面的空子也很大，兔子样的老鼠可以随便钻来钻去。宋金明想找一件顺手的家伙，作为防身武器。瞅来瞅去，窑洞里只有一些垒地铺用的砖头。他抓起一块整砖放在手边，示意唐朝阳也拿了一块。他们把窑洞里的灯拉灭了，这样等于把他们置于暗处，外面倘有人向窑洞接近，他们透过门缝就可以发现。

果然有人来了，勾起指头敲门。唐朝阳和宋金明顿时警觉起来，宋金明问："谁？"

外面的人说："姚矿长让我给你们送两条烟，请开门。"

他们没有开门，担心这个人是个前哨，等这个人把门骗开，埋伏在门两边的人会一拥而进，把他们灭在黑暗里。宋金明答话："我们已经睡下了，我们晚上不吸烟。"

送烟的人摸索着从门脚下面的空子里把烟塞进窑洞里去了。

宋金明爬过去把塞进去的东西摸了摸,的确是两条烟,不是炸药什么的。

停了一会儿,又过来两个黑影敲门。唐朝阳和宋金明同时抄起了砖头。

敲门的其中一人说话了,竟是女声,说:"两位大哥,姚矿长怕你们冷,让我俩给两位大哥送两床褥子来,褥子都是新的,两位大哥铺在身子底下保证软和。"

宋金明不知窑主搞的又是什么名堂,拒绝说:"替我们谢谢姚矿长的关心,我们不冷,不要褥子。"二人悄悄起来,蹑足走到门后,透过门缝往外瞅,见门外抱褥子站着的果真是两个女人。两个女人都是肥脸,在夜里仍可以看见她们脸上的一层白。

另一个女人说话了,声音更温柔悦耳:"两位大哥,我们姐妹俩知道你们很苦闷,我们来陪你们说说话,给你们散散心,你们想做别的也可以。"

二人明白了,这是窑主对他们搞美人计来了,单从门缝里扑进来的阵阵香气,他们就知道了两个女人是专门吃男人饭的。要是放她们进来,铺不铺褥子就由不得他们了。宋金明拉了唐朝阳一下,把唐朝阳拉得退回到地铺上,说:"你们少来这一套,我们什么都不需要!"

那个说话温柔的女人开始发嗲,一再要求两位大哥开门,说:"外面好冷哟,两位大哥怎忍心让我们在外面挨冻呢!"

宋金明扯过唐朝阳的耳朵,对他耳语了几句。唐朝阳突然哭道:"哥,你死得好惨哪!哥,你想进来就从门缝里进来吧,咱哥俩还睡一个屋……"

这一招生效,那两个女人逃跑似的离开了窑洞门口。

夜长梦多,看来这个事情得赶快了结。宋金明和唐朝阳商定,明天把要求赔偿抚恤金的数目退到四万,这个数不能再退了。

第二天双方关于抚恤金的谈判有进展,唐朝阳忍痛退到了四万,窑主忍痛涨到了两万五。别看从数目上他们是一个进一个退,实际上他们是逐步接近。好比两个人谈恋爱,接近到一定程度,两个人就可以拥抱了。可他们接近一步难得很,这也正如谈恋爱一样,每接近一步都充满试探和较量。到了四万和两万五的时候,唐朝阳和窑主都坚守自己的阵地,再次形成对峙局面。谈判进展不下去,唐朝阳就求救似的到停尸间去哭诉,例数哥死之后,爹娘谁来养老送终,侄子侄女谁来抚养，等等。功夫下在谈判外，不是谈判，胜似谈判，这是唐朝阳的一贯策略。

第三天，窑主一上来就单独做宋金明的工作，对他俩进行分化瓦解。窑主把宋金明叫成老弟，让"老弟"帮他做做唐朝阳的工作，今后他和宋金明就是朋友了。宋金明问他怎么做。窑主没有回答，却从口袋里掏出一沓钱来，说："这是一千，老弟拿着买烟抽。"

宋金明本来坐着，一看窑主给他钱，他害怕似的站起来了，说："姚矿长，这可不行，这钱我万万不敢收，要是唐朝阳知道了，他会骂死我的。不是我替唐朝阳说话，你给他两万五抚恤金是少点。你多少再加点儿，我倒可以跟他说说。"

窑主把钱扔在桌子上说："我给他加点儿是可以，不过加多少跟你也没关系，他不会分给你的，是不是？"

宋金明心里打了个沉，说："这是他哥的人命钱，就是他分给我，我也不会要。"

他问窑主："你打算给他加到多少？"

窑主伸出三个手指头，说："这可是天价了。"

宋金明的样子很为难，说："这个数离唐朝阳的要求还差一万，我估计唐朝阳不会同意。"

窑主笑了笑，说："要不怎么请老弟帮我说说话呢，我看老弟是个聪明人，唐朝阳也愿意听你的话。"

窑主这样说，让宋金明吃惊不小，窑主怎么看出他是聪明人呢？怎么看出唐朝阳愿意听他的话呢？难道窑主看出了什么破绽不成！他说："姚矿长的话我可不敢当，看来我应该离这个事远点。要不是唐朝阳非要拽着我等他两天，我前天就走了。"

窑主让宋金明坐下，说："老弟多心了，我不是那个意思。"

宋金明刚坐下，窑主又从口袋里掏出一沓钱，把放在桌子上的钱拿起来合在一块儿，说："这是两千，算是我付给老弟的受惊费和辛苦费，行了吧。我当然不会让唐朝阳知道，也不会让任何人知道，你放心就是了。"说着，扯过宋金明的衣服口袋，把钱塞进宋金明口袋里去了。

这次宋金明没有拒绝。他在肚子里很快地算了一个账，三万加两千，实际上是三万二。三万他和唐朝阳平均分，每人可得一万五。他多得两千，等于一万七，这样离预定的两万的目标相差不太远了。让他感到格外欣喜的是，这两千块钱是他的意外收获，而唐朝阳连个屁都闻不见。上次他们办掉的一个点子，满打满算一共才得了两万三千块，平均每人才一万多一点。这次赚的钱比上次是大大超额了。宋金明已认同了这个数,但他不能说,勉强答应帮窑主到唐朝阳那里做做工作。

宋金明把唐朝阳的工作做通了,唐朝阳只附加了一个要求,火化前给他哥换一身新衣服,穿西装,打领带。窑主答应得很爽快,说:"这没问题。"窑主握了宋金明的手,握得很有力,仿佛他们两个结成了新的同盟,窑主说:"谢谢你呀,宋老弟。"宋金明说:"姚矿长,我们到这里没做出什么贡献,反而给矿上造成了损失,我们对不起你呀!"

窑主骑上他的大红摩托车到县里银行取现金,唐朝阳和宋金明在窑洞里如坐针毡,生怕再出什么变故。窑主是上午走的,直到下午太阳偏西时才回来。窑主像是喝了酒,脸上黑着,满身酒气。窑主对唐朝阳说:"上面为防止年前突击发钱,银行不让取那么多现金。这些钱是我跑了好几个地方跟朋友借来的。"他拿出两捆钱排在桌子上,说:"这是两万。"又拿出一沓散开的钱,说,"这是八千,请你当面点清。"

唐朝阳把钱摁住,问窑主:"不是讲好的三万吗,怎么只给两万八?"

窑主顿时瞪了眼,说:"你这个人讲不讲道理?考虑不考虑实际情况?就这些钱还是我借来的,不就是他妈的短两千块钱吗！怎么着，把我的两根手指头剁下来给你添上吧！"说着看了旁边的宋金明一眼。

宋金明一听就知道上了窑主的当了，窑主先拿两千块钱堵了他的嘴，然后又把两千块钱从总数里扣下来了。这个狗×的窑主，真会算小账。宋金明没说话，他说不出什么。

唐朝阳看宋金明，似乎在征求他的意见。

宋金明在心里骂唐朝阳："你他妈的看我干什么！"他把脸别到一边去了。

唐朝阳从口袋里掏出一团脏污的手绢，展开，把钱包起来了。

火化唐朝霞的时候，唐朝阳和宋金明都跟着去了。他们就手把钱卷进被子里，把被子塞进蛇皮袋子里，带上自己的行李，打算从火葬场出来，带上唐朝霞的骨灰盒，就直接回老家去了。

唐朝霞的尸体火化之前，火葬场的工作人员从唐朝霞的口袋里掏出一个透明的小塑料袋，里面放着一张照片。隔着塑料袋看，照片上是四个人，后面是唐朝霞两口子，前面是他们的两个孩子，一个男孩儿，一个女孩儿。唐朝阳把照片收起来了。唐朝霞的衣服被全部换下来了，在地上扔着。宋金明只把一双鞋捡起来了，说这双鞋他带走吧，作个留念。唐朝阳没说什么。

唐朝阳把唐朝霞的骨灰盒放进提包里，他们二人在这个县城没有稍作停留，当即坐上长途汽车奔另一个县城去了。他们没有到县城下车，像是逃避人们的追捕一样，半路下车了。这里还是山区，他们背着行李向山里走去。在别人看来，他们跟一般打工者没什么两样，他们总是很辛苦，总是在奔波。走到一处报废的矿井旁边，他们看看前后无人，才在一个山洼子里停下了。他们各自坐在自己的行李卷儿上，唐朝阳对宋金明笑笑，宋金明对唐朝阳笑笑。他们笑得有些异样。唐朝阳说："×他妈的，我们又胜利了。"宋金明也承认又胜利了，但他的样子像是有些泄气，打不起精神。唐朝阳问他怎么了。他说："不怎么，这几天精神紧张得很，猛一放松下来，觉得特别累。"唐朝阳说："这属于正常现象，等见了小姐，你的精神头马上就来了。"宋金明说："但愿吧。"

唐朝阳把唐朝霞的骨灰盒从提包里拿出来了，说："去你妈的，你的任务已经彻底完成了，不用再跟着我们了。"他一下子把骨灰盒扔进井口里去了。这个报废的矿井大概相当深，骨灰盒扔下去，半天才传上来一点落底的微响。这一下，这位真名叫元清平的人算是永远消失了，他的冤魂也许千年万年都无人知晓。唐朝阳把那张全家福的照片也掏出来撕碎了。撕碎之前，宋金明接过去看了一眼，指着照片上的唐朝霞问："这个人姓什么来着？"唐朝阳说："管他呢！"唐朝阳夺过照片撕碎后，扬手往天上撒了一下。碎片飞得不高，很快就落地了。有两个碎片落在唐朝阳身上了，他有些犯忌似的，赶紧把碎片择下来。

还有一样东西没处理。唐朝阳对宋金明说："拿出来吧。"

"什么？"

"你是真糊涂还是装糊涂？"

宋金明摇头。

"我看你小子是装糊涂。那双鞋呀！"

这狗娘养的，他一定也知道了唐朝霞的钱藏在鞋里。宋金明说："×，一双鞋有什么稀罕，你想要就给你，是你哥的遗物嘛。"宋金明从提包里把鞋掏出来了，扔在唐朝阳脚前的地上。

唐朝阳说："鞋本身是没什么稀罕，我主要想看看鞋里面有多少货。"他拿起一只鞋，伸手就把鞋舌头中间夹藏的一个小塑料袋抽出来了，对宋金明炫耀说："看见没有，银子在这里面呢！"

宋金明嗤了一下鼻子。

唐朝阳把钱掏出来了，数了数，才二百八十块钱，说："×他奶奶的，才这么一点钱，连搞一次破鞋都不够。"他问宋金明，"你说，这小子怎么就这么一点钱。"

宋金明说："我哪儿知道！"

唐朝阳把钱平均分开，其中一半递给宋金明。宋金明不要，说："这是你哥的钱，你留着自己花吧。"

唐朝阳勃然变色道："你他妈的少来这一套，我不会坏了规矩。"他把一百四十块钱扔进宋金明开着口子的提包里了，"我还纳闷呢，窑主讲好的给咱们三万块，数钱的时候少给两千，这是怎么回事？"

这次轮到宋金明恼了，他盯着唐朝阳骂道："×你妈的，你这是什么意思？你说，你是什么意思？你不说清什么意思，老子跟你没完！"

唐朝阳赖着脸笑了，说："你恼什么，我又没说你什么。我是骂窑主个狗×的说话不算话，拉个屎橛子又坐回去半截儿。"

"你还以为窑主是好东西呢，哪个窑主的心肠不是跟煤窑一样，一黑到底！"

坐了汽车坐火车，两天之后，他们来到了平原上的一座小城。按照原来的计划，他们没有急于找新的点子。但他们也没有马上分头回家，着实在城里享乐了几天。他们没有买新衣服，没有进舞厅，也很少大吃大喝。说他们享乐，主要是指他们喜欢嫖娼。住进小城的当天晚上，他俩就在一家宾馆包了一个双人间。宾馆大厅一角，有桑拿浴室、按摩室和美容美发厅，不用问，里面肯定有娼妇。果然，他们进房间刚打开电视，刚在席梦思床上用屁股蹾了蹾，试了试弹性，就有电话打进来了，问他们要不要小姐。宋金明在电话里问了行情，跟人家讲了价钱，就让两个小姐到房间里来了。宋金明把房间让给了唐朝阳，自己把另一个小姐领进卫生间里去了。他们二话没说，就分头摆开了战场。唐朝阳完事了，给小姐付了钱，还不见宋金明出来。他到卫生间门口听了听，听见里面战事正酣，不免有些嫉妒，说："×他妈的，他们怎么干那么长时间？"小姐说："谁让你那么快呢？"唐朝阳一把将小姐揪起来，要求再干。小姐把小手一伸，说再干还要再付一份钱。唐朝阳与小姐拉扯之间，宋金明从卫生间出来了，唐朝阳只得放开小姐，对宋金明说："你小子可以呀！"

宋金明显得颇为谦虚，说："就那么回事，一般化。"

分头回家时，他俩约定，来年正月二十那天在某个小型火车站见面，到时再一块儿合作做生意。他们握了手，还按照流行的说法，互相道了"好人一生平安"。

七

宋金明又坐了一天多长途汽车,七拐八拐才回到了自己的家。他没有告诉过唐朝阳自己家里的详细地址,也没打听过唐朝阳家的具体地址。干他们这一行的,互相都存有戒心,干什么都不可全交底。其实,连宋金明的名字也是假的。回到村里,他才恢复使用了真名。他姓赵,真名叫赵上河。在村头,有人跟他打招呼:"上河回来了?"他答着"回来了,回来过年",赶紧给人家掏烟。每碰见一位乡亲,他都要给人家掏烟。不知为什么,他心情有些紧张,脸色发白,头上出了一层汗。有人吸着他给的烟,指出他脸色不太好,人也没吃胖。他说:"是吗?"头上的汗又加了一层。有个妇女在一旁替他解释说:"那是的,上河在外面给人家挖煤,成天价不见太阳,脸捂也捂白了。"

赵上河心里抵触了一下,正要否认在外边给人家挖煤,女儿海燕跑着接他来了。海燕喊着"爹,爹",把爹手里的提包接过去了。海燕刚上小学,个子还不高。提包提不起来,她就两个手上去,身子后仰,把提包贴在两条腿上往前走。赵上河摸了摸女儿的头,说:"海燕又长高了。"海燕回头对爹笑笑。她的豁牙还没长齐,笑得有点害羞。赵上河的儿子海成也迎上去接爹。儿子读初中,比女儿力气大些,他接过爹手中的蛇皮袋子装着的铺盖卷儿,很轻松地就提起来了。赵上河说:"海成,你小子还没喊我呢!"

儿子不好意思地笑了一下,才说:"爹,你回来了?"

赵上河像完成一种仪式似的答道:"对,我回来了。有钱没钱,都要回家过年。你娘呢?"赵上河抬头一看,见妻子已站在院门口等他。妻子笑模笑样,两只眼都放出光明来。妻子说:"两个孩子这几天一直念叨你,问你怎么还不回来。这不是回来了吗!"

一家来到堂屋里,赵上河打开提包,拿出两个塑料袋,给儿子和女儿分发过年的礼物。他给儿子买了一件黑灰色西装上衣,给女儿买了一件红色的西装上衣。妻子对两个孩子说:"快穿上让你爹看看!"儿子和女儿分别把西装穿上了,在爹面前展示。赵上河不禁笑了,他把衣服买大了,儿子女儿穿上都有些晃里晃荡,像摇铃一样。特别是女儿的红西装,衣襟下摆长得几乎遮了膝盖,袖子也长得像戏装上的水袖一样。

可赵上河的妻子说:"我看不赖。你们还长呢,一长个儿穿着就合适了。"

赵上河对妻子说:"我还给你买了个小礼物呢。"说着把手伸到提包底部,摸出一个心形的小红盒来。把盒打开,里面的一道红绒布缝里夹着一对小小的金耳环。女儿先看见了,惊喜地说:"耳环,耳环!"妻子想把耳环取出一只看看,又不知如何下手,说:"你买这么贵的东西干什么,我哪只耳朵趁戴这么好的东西。"女儿问:"耳环是金的吗?"赵上河说:"当然是金的,真不溜溜的真金,一点都不待假的。"他又对妻子说,"你在家里够辛苦了,家里活地里活都是你干,还要照顾两个孩子。我想你还从来没戴过金东西呢,就给你买了这对耳环。不算贵,才三百多块钱。"妻子说:"我怕戴不出去,我怕人家说我烧包。"赵上河说:"那怕什么,人家城里的女人金戒指一戴好几个,连脚脖子上都戴着金链子,咱戴对金耳环实在是小意思。"他把一只耳环取出来了,递给妻子,让妻子戴上试试。妻子侧过脸,摸过耳朵,耳环竟穿不进去。她说:"坏了,这还是我当闺女时打的耳朵眼,可能长住了。"她把耳环又放回盒子里去了,说:"耳环我放着,等我闺女长大出门子时,给我闺女作嫁妆。"

门外走进来一位面目黑瘦的中年妇女,按岁数儿,赵上河应该把中年妇女叫嫂子。嫂子跟赵上河说了几句话，就提到自己的丈夫赵铁军，问："你在外边看见过铁军吗？"

赵上河摇头说没见过。

"收完麦他就出去了，眼看半年多了，不见人，不见信儿，也不往家里寄一分钱，不知道他死到哪儿去了。"

赵上河对死的说法是敏感的，遂把眉头皱了一下，觉得嫂子这样说话很不吉利。但他没把不吉利指出来，只说："可能过几天就回来了。"

"有人说他发了财，在外面养了小老婆，不要家了，也不要孩子了，准备和小老婆另过。"

"这是瞎说，养小老婆没那么容易。"

"我也不相信呢，就赵铁军那样的，三锥子扎不出一个屁来，哪有女人会看上他。你看你多好，多知道顾家，早早地就回来了，一家人团团圆圆的。你铁军哥就是窝囊，窝囊人走到哪儿都是窝囊。"

赵上河的妻子跟嫂子说笑话："铁军哥才不窝囊呢，你们家的大瓦房不是铁军哥挣钱盖的！铁军哥才几天没回来，看把你想得那样子。"

嫂子笑了，说："我才不想他呢。"

晚上，赵上河还没打开自己带回的脏污的行李卷，没有急于把挣回的钱给妻子看,先跟妻子睡了一觉。他每次回家,妻子从来不问他挣了多少钱。当他拿出成捆的钱时,妻子高兴之余,总是有些害怕。这次为了不影响妻子的情绪,他没提钱的事,就钻进了妻子为他张开的被窝。妻子的情绪很好,身子贴他贴得很热烈,问他:"你在外面跟别的女人睡过吗?"

他说:"睡过呀。"

"真的?"

"当然真的了,一天睡一个,九九八十一天不重样。"

"我不信。"

"不信你摸摸,家伙都磨秃了。"

妻子一摸,他就乐了,说:"放心吧,好东西都给你攒着呢,一点都舍不得浪费,来,现在就给你。"

完事后,赵上河长长地叹了一口气,妻子问他怎么了。他说:"哪儿好也不如自己的家好,谁好也比不上自己的老婆好,回到家往老婆身边一睡,心里才算踏实了。"

妻子说:"那,这次回来,就别走了。"

"不走就不走,咱俩天天干。"

"能得你不轻。"

"怎么,你不相信我的能力?"

"相信。行了吧。"

"哎，咱放的钱你看过没有？会不会进潮气？"

"不会吧，包着两层塑料袋呢。"

"还是应该看看。"

赵上河穿件棉袄，光着下身就下床了。他检查了一下屋门是否上死，就动手拉一个荆条编的粮囤，粮囤里还有半囤小麦，他拉了两下没拉动。妻子下来帮他拉。妻子也未及穿裤衩，只披了一件棉袄。粮食囤移开了，赵上河用铁铲子撬起两块整砖，抽出一块木板，把一个盛化肥用的黑塑料袋提溜出来。解开塑料袋口扎着的绳子，从里面拿出一个小瓦罐。小瓦罐里还有一个白色的塑料袋，这个袋子里放的才是钱。钱一共是两捆，一捆一万。赵上河把钱摸了摸，翻转着看看，还用大拇指把钱抿弯，让钱页子自动弹回，听了听钱页子快速叠加发出的声响，才放心了。赵上河说，他有一天做梦，梦见瓦罐里进了水，钱沤成了半罐子浆糊，再一看还生了蛆，把他气得不行。妻子说："你挂念你的钱，做梦就胡连八扯。"

赵上河说："这些钱都是我一个汗珠子掉在地上摔八瓣儿挣来的，我当然挂念。我敢说，我干活流下的汗一百罐子都装不完。"他这才把铺盖卷儿从蛇皮袋子里掏出来了，一边在床上打开铺卷儿，一边说："我这次又带回一点钱,跟上两次带回来的差不多。"他把钱拿出来了,一捆子还零半捆子,都是大票子。

妻子一见"呀"了一下,问:"怎么又挣这么多钱?"

赵上河早就准备好了一套话,说:"我们这次干的是包工活儿,我一天上两个班,挣这点钱不算多。有人比我挣得还多呢。"他把新拿回的钱放进塑料袋,一切照原样放好,让妻子帮他把粮食囤拉回原位,才又上床睡了。不知为什么,他身上有些哆嗦,说:"冷,冷……"妻子不哆嗦,妻子搂紧了他,说:"快,我给你暖暖。"

暖了一会儿,妻子说:"听人家说,现在出去打工挣点钱特别难,你怎么能挣这么多钱?"

赵上河推了妻子一下,把妻子推开了,说:"去你妈的,你嫌我挣钱多了?"

"不是嫌你挣钱多,我是怕……"

"怕什么,你怀疑我?"

"怀疑也说不上,我是说,不管钱多钱少,咱一定得走正道。"

"我怎么不走正道了?我在外面辛辛苦苦干活,一不偷,二不抢,三不赌博,四不搞女人,一块钱都舍不得多花,我容易吗!"赵上河大概触到了心底深藏的恐惧和隐痛，竟哭了，"我累死累活图的什么，还不是为了这个家。连老婆都不相信我，我活着还有啥意思！"

妻子见丈夫哭了，顿时慌了手脚，说："海成他爹，你怎么了？都怨我，我不会说话，惹你伤了心，你想打我就打我吧！"

"我打你干什么！我不是人，我是坏蛋，我不走正道，让雷劈我，龙抓我，行了吧！"他拒绝妻子搂他，拒绝妻子拉他的手，双手捂脸，只是哭。

妻子把半个身子从被窝里斜出来，用手掌给丈夫擦眼泪，说："海成他爹，别哭了好不好，别让孩子听见了吓着孩子。我相信你，相信你，你说啥就是啥，还不行吗！一家子都指望你，你出门在外，我也是担惊受怕呀！"妻子也哭了。

两口子哭了一会儿，才又重新搂在一起。在黑暗里，他大睁着眼，突然产生了一个念头，做点子的生意到此为止，不能再干了。

第二天，赵上河备了一条烟两瓶酒，去看望村里的支书。支书没讲客气就把烟和酒收下了。支书是位岁数比较大的人，相信村里的人走再远也出不了他的手心，他问赵上河："这次出去还可以吧？"

赵上河说："马马虎虎，挣几个过年的小钱儿。"

"别人都没挣着什么钱，你还行，看来你的技术是高些。"

赵上河知道，支书所说的技术是指他的挖煤技术，他点头承认了。

支书问："现在外头形势怎么样？听说打闷棍的特别多。"

赵上河心头惊了一下，说："听说过，没碰见过。"

"那是的，要是让你碰上，你就完了。赵铁军，外出半年多了，连个信儿都没有，我估计够呛，说不定让人家打了闷棍了。"

"这个不好说。"

"出外三分险，害人之心不可有，防人之心不可无，以后你们都得小心点儿。"

赵上河表示记住了。

过大年，起五更，赵上河在给老天爷烧香烧纸时，在屋当门的硬地上跪得时间长些。他把头磕了又磕，嘴里唔唔囔囔，谁也听不清他祷告的是什么。在妻子的示意下，儿子上前去拉他，说："爹，起来吧。"他的眼泪呼地就下来了，说："我请老天爷保佑咱们全家平安。"

年初二，那位嫂子又到赵上河家里来了，说："赵铁军还没回来，我看赵铁军这个人是不在了。"嫂子说了不到三句话，就哭起来了。

赵上河说："嫂子你不能说这样的话，不能光往坏处想，大过年的，说这样悲观的话多不好。这样吧，我要是再出去的话，帮你打听打听。要是打听到了，让他马上回来。"赵上河断定，赵铁军十有八九被人当点子办了，永远回不来了。因为做这路生意的不光是他和唐朝阳两个人，肯定还有别的人靠做点子发财致富。他和唐朝阳就是靠别人点拨，才吃上这路食的。有一年冬天，他和唐朝阳在一处私家小煤窑干活，意外地碰上一位老乡和另外两个人到这家小煤窑找活干。他和老乡在小饭馆喝酒，劝老乡不要到这家小煤窑干，累死累活，还挣不到钱。他说窑主坏得很，老是拖着不给工人发工资，他在这里干了快三个月了，一次钱也没拿到，弄得进退两难。老乡大口喝着酒，显得非常有把握。老乡说，一物降一物，他有办法把窑主的钱掏出来。窑主就是把钱串在肋巴骨上，到时候狗×的也得乖乖地把钱取下来。他向老乡请教，问老乡有什么高招，连连向老乡敬酒。老乡要他不要问，只睁大两眼跟着看就行了，多一句嘴别怪老乡不客气。一天晚间在窑下干活时，老乡用镐头把跟他同来的其中一个人打死了，还搬起石头把死者的头砸烂，然后哭着喊着,把打死的人叫成叔叔,说冒顶砸死了人,向窑主诈取抚恤金。跟老乡说的一样,窑主捂着盖着,悄悄地跟老乡进行私了,赔给老乡两万两千块钱。目睹这一特殊生产方式的赵上河和唐朝阳,什么力也没掏,老乡却给他们每人分了一千块钱。这件事对赵上河震动极大,可以说给他上了生动的一课。他懂得了,为什么有的人穷,有的人富,原来富起来的人是这么干的。大鱼吃小鱼,小鱼吃蚂虾,蚂虾吃泥巴。这一套话他以前也听说过,只是理解得不太深。通过这件事,他才知道了,自己不过是一只蚂虾,只能吃一吃泥巴。如果连泥巴也不吃,就只能自己变泥巴了。老乡问他怎么样,敢不敢跟老乡一块干。他的脸灰着,说不敢。他是怕老乡换个地方把他也干掉。后来,他和唐朝阳形成一对组合,也学着打起了游击。唐朝阳使用的也是化名,他的真名叫李西民。他们把自己称为地下工作者,每干掉一个点子,每转移到一个新的地方,他们就换一个新的名字。赵上河手上已经有三条人命了。这一点他家埋在地下罐子里那些钱可以作证,那是用三颗破碎的人头换来的。但赵上河可以保证,他打死的没有一个老乡,没有一个熟人。像赵铁军那样的,就是碰在他眼下,他也不会做赵铁军的活儿。这叫兔子不吃窝边草。

嫂子临离开他家时，试着向赵上河提了一个要求："大兄弟，过罢十五，我想让金年跟你一块走，一边找点活儿干，一边打听他爹的下落。"

"你千万不要有这样的想法，金年不是正上学吗，一定让孩子好好上学，上学才是正路。金年上几年级了？"

"高中一年级。"

"一定要支持孩子把学上下来，鼓励孩子考大学。"

"不是怕大兄弟笑话，不行了，上不起了，这一开学又得三四百块，我上哪儿给他弄去。满心指望他爹挣点钱回来，钱没挣回来，人也不见影儿了。"

赵上河对妻子说："把咱家的钱先借给嫂子四百块，孩子上学要紧。"

嫂子说："不不不，我不是来给你们借钱的。"

赵上河面带不悦，说："嫂子，这你就太外气了。谁家还不遇上一点难事，我们总不能眼看着孩子上不起学不管吧。再说钱是借给你们的，等铁军哥拿回钱来，再还给我们不就结了。"

嫂子说："你们两口子都是好人哪，我让金年过来给你们磕头。"这才把钱接下了。

八

正月十五一过，村上外出打工的人又纷纷背起行囊，潮流一样向汽车站、火车站涌去。赵上河原想着不外出了，但他的魂儿像是被人勾去了一样，在家里坐卧不安。妻子百般安慰他，他反而对妻子发脾气，说家里就那么一点地，还不够老婆自己种的，把他拴在家里干什么！最终，赵上河还是随着潮流走了。他拒绝和任何人一路同行，仍是一个人独往独来。有不少人找过他，还有人给他送了礼品，希望能跟他搭伴外出，他都想办法拒绝了。实在拒绝不掉的，他就说今年出去不出去还不一定呢，到时候再说吧。他是半夜里摸黑走的。土路两边的庄稼地里的残雪还没化完，北风冷飕飕的。他就那么顶着风，把行李卷儿和提包用毛巾系起来搭在背上，大步向镇上走去。到了镇上，他也不打算坐公共汽车，准备自己租一个机动三轮车到县城去。正走着，他转过身来，向他的村庄看了一下。村庄黑沉沉的，看不见一点灯光，也听不见一点声息。又往前走时，他问了自己一句："你这是干吗呢？偷偷摸摸的，跟做贼一样。"他自己的回答是："没什么，不是做贼，这样走着清静。"他担心有人听见他的自言自语，就左右乱看，还蹲下身子往路边的一片坟地里观察了一下。他想好了，这次出来不一定再做点子了。做点子挣钱是比挖煤挣钱容易，可万一有个闪失，自己的命就得搭进去。要是唐朝阳实在想做的话，他们顶多再做一个就算了。现在他罐子里存的钱是三万五，等存够五万，就不用存了。有五万块钱保着底子，他就不会像过去一样，上面派下来这钱那钱他都得卖粮食，不至于为孩子的学费求爷爷告奶奶地到处借。到那时候，他哪儿都不去了，就在家里守着老婆孩子踏踏实实过日子。

赵上河如约来到那个小型火车站，见唐朝阳已在那里等他。唐朝阳等他的地方还是车站广场一侧那家卖保健羊肉汤的敞篷小饭店。年前，他们就是从这里把一个点子领走办掉的。车站客流很多，他们相信，小饭店的人不会记得他们两个。唐朝阳热情友好地骂了他的大爷，问他怎么才来，是不是又到哪个卫生间玩小姐去了。一个多月不见面，他看见唐朝阳也觉得有些亲切。他骂的是唐朝阳的妹子，说卫生间有一面大玻璃镜，他一下子就把唐朝阳的妹子干到玻璃镜里去了。互相表示亲热完毕，他们开始说正经事，唐朝阳说，他花了十块钱，请一个算卦的先生给他起了一个新名字，叫张敦厚；赵上河说，这名字不错。他念了两遍张敦厚，说

"越敦越厚"把张敦厚记住了。他告诉张敦厚,他也新得了一个名字,叫王明君。"你知道君是什么意思吗?"张敦厚说:"谁知道你又有什么讲究。"

王明君说:"跟你说吧,君就是皇帝,明君就是开明的皇帝,懂了吧?"

"你小子是想当皇帝呀!"

"想当皇帝怎么着,江山轮流坐,枪杆子里出政权,哪个皇帝的江山不是打出来的。"

"我看你当个黑帝还差不多。"

"这个皇不是那个黄,水平太差,朕只能让你当个下臣。张敦厚!"

"臣在!"张敦厚垂首打了个拱。

"行,像那么回事。"王明君遂又端起皇帝架子,命张敦厚,"拿酒来!"

"臣,领旨。"

张敦厚一回头,见一位涂着紫红唇膏的小姐正在一旁站着。小姐微微笑着,及时走上前来,称他们"两位先生",问他们"用点什么"。张敦厚记得,原来在这儿端盘子服务的是一个黄毛小姑娘,说换就换,小姑娘不知到哪儿高就去了。而眼前这位会利用嘴唇作招徕的小姐,显见得是个见过世面的多面手。张敦厚要了两个小菜和四两酒,二人慢慢地喝。其间老板娘出来了一下,目光空空地看了他们一眼，就干别的事情去了。老板娘大概真的把他们忘记了。在车站广场走动的人多是提着和背着铺盖卷儿的打工者，他们像是昆虫界一些急于寻找食物的蚂蚁，东一头西一头乱爬乱碰。这些打工者都是可被利用的点子资源，就算他们每天办掉一个点子，也不会使打工者减少多少。因为这种资源再生性很强，正所谓取之不尽，用之不竭。

有一个单独行走的打工者很快进入他们的视线，他俩交换了一下眼色，张敦厚说："我去看看。"这次轮到张敦厚去钓点子，王明君坐镇守候。

王明君说："你别拉一个女的回来呀！"

张敦厚斜着眼把那个打工者盯紧，小声对王明君说："这次我专门钓一个女扮男装，花木兰那样的，咱们把她用了，再把她办掉，来个一举两得。"

"钓不到花木兰，你不要回来见我。"

张敦厚提上行李卷儿和提包，迂回着向那个打工者接近。春运高峰还没过去，车站的客流量仍然很大。候车室里装不下候车的人，车站方面把一些车次的候车牌插到了车站广场，让人们在那里排队。那个打工者到一个候车牌前仰着脸看上面的字时，张敦厚也装着过去看车牌上的车次，就近把他将要猎取的对象瞥了一眼。张敦厚没有料到，在他瞥那个对象的同时，对象也在瞥他。他没看清对象的目光是怎样瞥出来的,仿佛对象眼睛后面还长着一只眼。他赶紧把目光收回来了。当他第二次拿眼角的余光瞥被他相中的对象时,真怪了,对象又在瞥他。张敦厚感觉出来了,这个对象的目光是很硬的,还有一些凛冽的成分。他心里不由得惊悸了一下,他妈的,难道遇上对手了,这家伙也是来钓点子的?他退后几步站下,刚要想一想这是怎么回事,那个打工者凑过来了,问:"老乡,你这是准备去哪儿?"

张敦厚说:"去哪儿呢?我也不知道。"

"就你一个人吗?"

张敦厚点点头。他决定来个将计就计,判断一下这个家伙究竟是不是钓点子的,看他钓点子有什么高明之处,不妨跟他比试比试。

"吸颗烟吧。"对象摸出一盒尚未开封的烟,拆开,自己先叼了一颗,用打火机点燃。而后递给张敦厚一颗,并给张敦厚把烟点上,"现在外头比较乱,一个人出来不太好,最好还是有个伴儿。"

"我是约了一个老乡在这里碰面,说好的是前天到,我找了两天了,都没见他。"

"这事儿有点麻烦,说不定人家已经走了,你还在这儿瞎转腰子呢。"

"你这是准备去哪儿?"

对象说了一个煤矿。

"那儿怎么样，能挣到钱吗？"

"挣不到钱谁去，不说多，每月至少挣千把块钱吧！"

"那我跟你一块儿去行吗？"

"对不起，我已经有伴儿了。"

这家伙大概在吊他的胃口，张敦厚反吊似的说："那就算了。"

"我们也遇到了一点麻烦，人家说好的要四个人，我们也来了四个人，谁知道呢，一个哥们儿半路生病了，回去了，我们只得再找一个人补上。不过我们得找认识的老乡，生人我们不要。"

"什么生人熟人，一回生，两回熟，咱们到一块儿不就熟了。"

对象作了一会儿难，才说："这事我一个人说了不算，我带你去见我那两个哥们儿，看他们同意不同意要你。要是愿意要你呢，算你走运；要是不同意，你也别生气。"

张敦厚试出来了，这个家伙果然是他的同行，也是到这里钓点子的。这个家伙年龄不太大，看上去不过二十五六岁，生着一张娃娃似的脸，五官也很端正。正是这样面貌并不凶恶的家伙，往往是杀人不眨眼的好手。张敦厚心里跳得腾腾的,竟然有些害怕。他想到了,要是跟这个家伙走,出不了几天,他就得变成人家手里的票子。不行,他要揭露这个家伙,不能让这个家伙跟他们争生意。于是他走了几步站下了,说:"我不能跟你走!"

"为什么?"

"我又不认识你们,你们把我弄到煤窑底下,打我的闷棍怎么办?"

那个家伙果然有些惊慌,说:"不去拉××倒,你胡说八道什么,我还看不上你呢!"

张敦厚笑得冷冷的,说:"你们把我打死,然后说你们是我的亲属,好向窑主要钱,对不对?"

"你是个疯子,越说越没边了。"那家伙撇下张敦厚,快步走了。

张敦厚喊:"哎,哥们儿,别走,咱们再商量商量。"

那家伙转眼就钻进人堆里不见了。

九

张敦厚领回一个中学生模样的小伙子,令王明君大为不悦，王明君一见就说："不行不行！"鱼鹰捉鱼不捉鱼秧子，弄回一个孩子算怎么回事。他觉得张敦厚这件事办得不够漂亮，或者说有点丢手段。

张敦厚以为王明君的做法跟过去一样，故意拿点子一把，把点子拿牢，就让小伙子快把王明君喊叔，跟叔说点好话。

小伙子怯生生地看了王明君一眼，喊了一声"叔叔"。

王明君没有答应。

张敦厚对小伙子指出："你不能喊成叔叔，叔叔是普遍性的叫法，得喊叔，把王叔叔当成你亲叔一样。"

小伙子按照张敦厚的指点，把王明君喊了一声叔。

王明君还是没答应。他这次不是配合张敦厚演戏，是真的觉得这未长成的小伙子不行，一点也不像个点子的样子。小伙子个子虽长得不算低，但他脸上的孩子气还未脱掉。他唇上虽然开始长胡子了，但胡子刚长出一层黑黑的绒毛，显然是男孩子的第一茬胡子，还从来没刮过一刀。小伙子的目光固定地瞅着一处，不敢看人，也不敢多说话。这么大的男孩子，在老师面前都是这样的表情。他大概把他们两个当成他的老师了。小伙子的行李也带着中学生的特点。他的铺盖卷儿模仿了外出打工者的做法是不假，也塞进一个盛粮食用的蛇皮袋子里，可他手上没有提提包，肩上却背了一个黄帆布的书包。看他书包里填得方方块块的，往下坠着，说不定里面装的还有课本呢！这小伙子和年龄差不多的男孩子相比，也有不同的地方，就是他的神情很忧郁，眼里老是泪汪汪的。说得不好听一点，好像他刚死了亲爹一样。王明君说小伙子"一看就不像个干活儿的人"。问：

"你不是逃学出来的吧？"

小伙子摇摇头。

"你摇头是什么意思，是就说是，不是就说不是。"

小伙子说："不是。"

"那，我再问你，你出来找活儿干，你家里人知道吗？"

"我娘知道。"

"你爹呢？"

"我爹……"小伙子没说出他爹怎样，眼泪却慢慢地滚下来了。

"怎么回事？"

"我爹出来八个多月了，过年也没回家，一点音信都没有。"

"噢，原来是这样。"王明君与张敦厚对视了一下，眼角露出一些笑意，问，"你爹是不是发了财，在外面娶了小老婆，不要你们了？"

"不知道。"

张敦厚碰了王明君一下，意思让他少说废话，他说："我看这小伙子挺可怜的，咱们带上他吧，权当是你的亲侄子。"

王明君明白张敦厚的意思，不把张敦厚找来的点子带走，张敦厚不会答应。他对小伙子说："带上你也不是不可以，只是挖煤那活儿有一定的危险性，你怕不怕？"

"不怕，我什么活儿都能干。"

"你今年多大了？"

"虚岁十七。"

"你说虚岁十七可不行，得说周岁十八，不然的话，人家煤矿不让你干。另外，你一会儿去买一支刮胡子刀，到矿上开始刮胡子。胡子越刮越旺，等你的胡子长旺了，就像一个大人了。你以后就喊我二叔。记住了，不论什么人问你，你都说我是你的亲二叔，这样我就可以保护你，别人就不敢欺负你了。你叫一声我听听。"

"二叔。"

"对，就这么叫，你爹是老大，我是老二。哎，你叫什么名字来着?"

"元凤鸣。"

王明君眼珠转了一下说:"你以后别叫这个名字了,我给你改个名字,叫王风吧。风是刮风的风,记住了?"

小伙子说:"记住了,我叫王风。"

就这样,这个点子又找定了。他们一块儿喝了保健羊肉汤,二人就带着叫王风的小点子上路了。上次他们是往北走,这次他们坐上火车再转火车,一直向西北走去,比上次走得更远。王风哪里知道,带他远行的两个人是两个催命的魔鬼,两个魔鬼正带他走向世界的末日。他一路往车窗外面看着,对外面的世界他还觉得很新奇呢。在火车上,王风还对二叔说了他家的情况。他正上高中一年级,妹妹上初中一年级。过了年,他带上被子和够一星期吃的馒头去上学,因带的书本费和学杂费不够,老师不让他上课,让他回家借钱。各种费用加起来需要四百多块钱,而他带去的只有二百多块钱。就这二百多块钱,还是娘到处借来的。老师让他回家借钱,他跟娘一说,娘无论如何也借不到钱了。娘只是流泪。他妹妹也没钱交学费,因为他妹妹学习特别好,是班长,班主任老师就动员全班同学为他妹妹捐学费。他背着馒头,再次到学校,问欠的钱可以不可以缓一缓再交。班主任老师让他去问校长。校长的答复是，不可以，交不齐钱就不要再上学了。于是，他就背着被子和馒头回家了，再也不能去学校读书。一回到家，他就痛哭一场。说到这些情况，王风的眼泪又涌满了眼眶。

王明君说："其实你不应该出来，还是应该想办法借钱上学。你这一出来，学业就中断了。"他亲切地拍了拍王风的肩膀，"我看你这孩子挺聪明的，学习成绩肯定也不错，不上学真是可惜了。"

"没办法，我得出来挣钱供我妹妹上学，不能让我妹妹再失学。我已经大了，应该分担我娘的负担。我还想一边干活儿，一边打听我爹的下落。"

"你爹的下落恐怕不好打听，中国这么大，你到哪儿打听去！"

"村里人让我娘找乡上的派出所，派出所让我娘印寻人启事。我娘一听印寻人启事又要花不少钱，就没印。"

"不印是对的，印了也没用，净是白花钱。印寻人启事花一百块，人家让你们家出三百，人家得二百。印了寻人启事，也没地方贴。你贴得不是地方，人家罚款，你们家又得花钱。这叫花了钱又找不到人，两头不得一头。你说二叔说的是不是实话？"

"是实话。二叔,我娘叫我出来一定要小心。你说,社会上是好人多还是坏人多?"

"你说呢?"

"让我看还是好人多,二叔和张叔叔都是好人。"

"我们当然是好人。"

张敦厚插了一句:"我们两个要不是好人,现在社会上就没好人了。"

十

来到山区深处的一座小煤窑,由王明君出面和窑主接洽,窑主把他们留下来了。窑主是个岁数比较大的人,自称对安全生产特别重视。窑主把王风上下打量了一下,说:"我看这小伙子不到十八周岁,你不是虚报年龄吧?"王风的脸一下白了,望着王明君。

王明君说:"我侄子老实,说的绝对是实话。"

下窑之前,窑主说是对他们进行一次安全教育,把他们领到灯房后面的一间小屋里去了。小屋后墙的高台上供奉着一尊窑神,窑神白须红脸,身上绘着彩衣。窑神前面摆放着一口大型的香炉,里面满是香灰纸灰。还有成把子的残香没有燃尽，缕缕地冒着余烟。门里一侧的小凳子上坐着一位中年妇女，专卖敬神用的纸和香。她的纸和香都比较贵，但窑主只让买她的。张敦厚和王明君一看就明白了，这位妇女肯定是窑主的人，他们在借神的名义挤窑工的钱。这没有办法，到哪儿都得敬哪儿的神。神敬不到，人家就有可能不给你活儿干，使你想受剥削都受不到。张敦厚买了一份香和纸，王明君也买了一份。该王风买了，他却拿不出钱来，他的钱已经花完了。王明君只得替他买了一份。三人烧香点纸，一齐跪在神像前磕头。窑主要求他们祷告两项内容："一，你们要向窑神保证，处处注意安全生产，不给矿上添麻烦；二，你们请窑神保佑你们的平安。"王明君心里打了几下鼓，难道有人在这个窑上办过点子了？窑主已经出过血了？不然的话，老窑主为什么老把安全挂在嘴上，看来办点子的事要谨慎从事。

王风一边磕头，一边看着王明君。王明君磕几个，他也磕几个。见王明君站起来，他才敢站起来。

窑主说："不管上白班夜班，你们每天下井前都要先拜窑神，一次都不能落。这事要跟过去的天天读一样。你们知道天天读吗？"

三个人互相看看，都说不知道。

连天天读都不知道,看来你们是太年轻了。

窑上给每人发了一顶破旧的胶壳安全帽,也要交钱。这一次,王风不好意思让二叔替他交钱了,问不戴安全帽行不行。发安全帽的人说:"你他妈的找死呀!"

王明君立即发挥了保护侄子的作用,说:"我侄子不懂这个,你好好跟他说不行吗!"他又对王风说,"下井不戴安全帽绝对不行,没钱就跟二叔说,别不好意思,只要有二叔戴的,就有你戴的。"他把自己头上戴的安全帽摘下来,先戴在侄子头上了。

王风看看二叔,感动得泪花花的。

这个窑的井架不是木头的,是用黑铁焊成的。井架也不是三角形,是方塔形。井架上方还绑着一杆红旗。不过红旗早就被风刮雨淋得变色了,差不多变成了白旗。其中一根铁井架的根部,拴着一条黑脊背的狼狗。他们三个走近窑口时,狼狗呼地站起来了,目光恶毒地盯着他们,喉咙里发出呜呜的声音。狼狗又肥又高,两边的腮帮子鼓着,头大得跟狮子一样。张敦厚、王明君有些却步,不敢往前走了。王风吓得躲在了王明君身后。张王二人走过许多私家办的煤窑了,还从没见过在井架子上拴大狼狗的,不知这个窑主的用意是什么。这时窑主过来了,把狼狗称为"老希",

把"老希"喝了一声，介绍说："我这个伙计名字叫希特勒，来这里干活儿的必须向它报到，不然的话，它就不让你下窑。"窑主抱住狗头，顺着毛捋了两把，说："你们过来，让希特勒闻闻你们的味，它一记住你们的味，对你们就不凶了。"张敦厚迟疑了一会儿，见王明君不肯第一个让希特勒闻，就豁出去似的走到希特勒跟前去了。希特勒伸着鼻子在他身上嗅了嗅，放他过去了。王明君听说狗的鼻子是很厉害的，有很多疑难案件经狗的鼻子一嗅，案就破了。他担心这条叫希特勒的狼狗嗅出他心中的鬼来，一口把他咬住。他身子缩着，心也缩着，故作镇静地走到希特勒面前去了。还好，希特勒没有咬他。希特勒像是有些乏味，它嗅完了王明君，就塌下眼皮，双腿往前一伸，趴下了。当王风把两手藏在裤裆前，侧着身子，小心翼翼地走到希特勒跟前时，希特勒只例行公事似的嗅了一下他的裤腿就放行了。

他们三人乘坐同一个铁罐下窑。铁罐在黑乎乎的井筒里往下落，王风的心在往上提。王风两眼瞪得大大的，蹲在铁罐里一动也不敢动，神情十分紧张。铁罐像是朝无底的噩梦里坠去，不知坠落了多长时间，当铁罐终于落底时，他的心也差不多提到了嗓子眼。大概因为太紧张了，他刚到窑底，就出了满头大汗。

王明君说:"你小子穿得太厚了。"

王风注意到,二叔和张叔叔穿着单衣单裤,外加一件棉坎肩,就到窑下来了。而他原身打原身,穿着毛衣绒裤、秋衣秋裤,还有一身黑灰色的学生装,怪不得这么热呢。

窑底有两个人,在活动,在说话。他们黑头黑脸,一说话露出白厉厉的牙。王风一时有些发蒙,感觉像是掉进了另外一个世界。这个世界跟窑上的人世完全不同,仿佛是一个充满黑暗的鬼魅的世界。正蒙着,一只黑手在他脸上摸了一把,吓得他差点叫出声来。摸他的人嘻嘻笑着,说:"脸这么白,怎么跟个娘们儿一样。"王风的两个耳膜使劲往脑袋里面挤,觉得耳膜似乎在变厚,听觉跟窑上也不一样。那个摸他的人在面前跟他说话,他听见声音却很远。

王明君对窑底的人说:"这是我侄子,请师傅们多担待。"他命王风,"快喊大爷。"

王风就喊了一声大爷。王风听见自己嘴里发出的声音也有些异样,好像不是他在说话,而是他的影子在说话。

在往巷道深处走时,从未下过窑的中学生王风不仅是紧张,简直有些恐惧了。巷道里没有任何照明设备,前后都漆黑一团。矿灯所照之处,巷道又低又窄,脚下也坑洼不平。巷道的支护异常简陋,两帮和头顶的岩石面目狰狞,如同戏台上的牛头马面。如果阎王有令,说不定这些"牛头马面"随时会猛扑下来,捉他们去见阎王。王风面部肌肉僵硬,瞪着恐惧的双眼,紧紧跟定二叔,一会儿低头,一会儿弯腰,一步都不敢落下。他很想拉住二叔的后衣襟,怕二叔小瞧他,就没拉。二叔走得不慌不忙,好像一点也不害怕。他不由得对二叔有些佩服。他开始在心里承认这个半路上遇到的二叔了,并对二叔产生了一些依赖思想。二叔提醒他注意。他还不知道注意什么,咚地一声,他的脑袋就撞在一处压顶的石头上了,尽管他戴着安全帽,他的头还是闷疼了一下,眼里也直冒碎花。

二叔说:"看看,让你注意,你不注意,撞脑袋了吧?"

王风把手伸进安全帽里搓了两下,眼里又含了泪。

二叔问:"怎么样,这里没有你们学校的操场好玩吧!"

王风脑子里快速闪过学校的操场,操场面积很大,四周栽着钻天的白杨。他不知道同学们这会儿在操场里干什么。而他,却钻进了一个黑暗和可怕的地方。

二叔见他不说话,口气变得有些严厉,说:"我告诉你,窑底下可是要命的地方,死人不当回事。别看人的命在别的地方很皮实,一到窑下就成了薄皮子鸡蛋。鸡蛋在石头缝儿里滚,一步滚不好了,就得淌稀,就得完蛋!"

王明君这样教训王风时,张敦厚正在王风身后站着。张敦厚把镐头平端起来,作出极恶的样子在王风头顶比划了一下,那意思是说,这一镐下去,这小子立马完蛋。王明君知道,张敦厚此刻是不会下手的,点子没喂熟不说,他们还没有赢得窑主的信任。再说了,按照"轮流执政"的原则,这个点子应该由他当二叔的来办,并由他当二叔的哭丧。张敦厚奸猾得很,你就是让他办,让他哭,他也不会干。

张敦厚和王明君要在挖煤方面露一手,以显示他们非同一般的技术。在他们的要求下,矿上的窑师分配给他们在一个独头的掌子面干活儿,所谓独头儿,就像城市中的小胡同一样,是一个此路不通的死胡同。独头掌子面跟死胡同又不同。死胡同上面是通天的,空气是流动的。独头儿掌子面上下左右和前面都堵得严严实实。它更像一只放倒的瓶子,只有瓶口那儿才能进去。瓶子里爬进了昆虫,若把瓶口一塞,昆虫就会被闷死。独头掌子面的问题是,尽管巷道的进口没被封死,掌子面的空气也出不来,外面的空气也进不去。掌子面的空气是腐朽的,也是死滞的,它是真正的一潭死水。人进去也许会把"死水"搅和得流动一下，但空气会变得更加混浊，更加黏稠，更加呼吸不动。这种没有任何通风设备的独头掌子面，最大的特点就是闷热。煤虽然还没有燃烧，但它本身固有的热量似乎已经开始散发。它散发出来的热量，带着亿万年煤炭生成时那种沼泽的气息、腐殖物的气息和溽热的气息。一来到掌子面，王风就觉得胸口发闷，眼皮子发沉。汗水流得更欢。

张敦厚说："×他妈的，上面还是天寒地冻，这里已经是夏天了。"

说着，张叔叔和二叔开始脱衣服。他们脱得光着膀子，只穿一件单裤。二叔对王风说："愣着干什么，还不把衣服脱掉！"

王风没有脱光膀子，上身还保留着一件高领的红秋衣。

二叔没有让王风马上投入干活儿，要他先看一看，学着点儿。

二叔和张叔叔用镐头刨了一会儿煤，热得把单裤也撕巴下来了，就那么光着身子干活儿。刚脱掉裤子时，他们的下身还是白的，又干了一会儿，煤粉沾满一身，他们就成黑的了，跟煤壁乌黑的背景几乎融为一体。王风不敢把矿灯直接照在他们身上，这种远古般的劳动场景让他震惊。他慢慢地转着脑袋,让头顶的矿灯小心地在煤壁上方移动。哪儿都是黑的,除了煤就是石头。这里的石头也是黑的。王风不知道这是在哪里,不知上面有多高,下面有多厚;也不知前面有多远,后边有多深。他想,煤窑要是塌下来的话,他们跑不出去,上面的人也没法救他们,他们只能被活埋,永远被活埋。有那么一刻,他产生了一点幻觉,把刨煤的二叔看成了他爹。爹赤身裸体地正刨煤,煤窑突然塌了,爹就被埋进去了。这样的幻觉使他不寒而栗,几乎想逃离这里。这时二叔喊他,让他过去刨一下煤试试。他很不情愿,还是战战兢兢地过去了。煤壁上的煤看上去不太硬,刨起来却感到很硬,镐尖刨在上面,跟刨在石头上一样,震得手腕发麻,也刨不下什么煤来。他刚刨了几下,头上和浑身的大汗就出来了。汗流进眼里,是辣的。汗流进嘴里,是咸的。汗流进脊梁沟里,把衣服溻湿了。汗流进裤裆里,裤裆里湿得跟和泥一样。他流的汗比刨下的煤还多。他落镐处刨不下煤来,上面没落镐的地方却掉下一些碎煤来,碎煤哗啦一响,打在他的安全帽上。他以为煤窑要塌,惊呼一声,扔下镐头就跑。

　　二叔喝住了他,骂了他,问他跑什么,瞎叫什么!"你的胆还没老鼠的胆子大呢,像个男人吗!像个挖煤的人吗！要是怕死，你趁早滚蛋！"

王风惊魂未定，委屈也涌上来，他又哭了。

张敦厚打圆场说："算了算了，谁第一次下窑都害怕，下几次就不怕了。"他怕这个小点子真的走掉。

二叔命王风接着刨，并让他把衣服都扒掉。王风把湿透的秋衣脱下来了。二叔说："把秋裤也脱掉，小××孩儿，这儿没有女人，没人咬你的××！"

王风抓住裤腰犹豫了一下，才把秋裤脱下来了。但他还保留了一件裤衩，没有彻底脱光。裤衩像是他身体上最后的防线，他露出恼怒和坚定的表情，说什么也不放弃这最后的防线了。

一个运煤的窑工到掌子面来了，二叔替下了王风，让王风帮人家装煤。二叔跟运煤工说："让我侄子帮你装煤吧。"

运煤工说："不用不用，我自己来。你侄子岁数不大呀。"

"我侄子是不大，还不到二十岁。"

王风看见，运煤工拉来一辆低架子带轱辘的拖车，车架子上放着一只长方形的大荆条筐。他们就是把煤装进荆条筐里。王风还看见，车架子一角挂着一个透明的大塑料瓶子，瓶子里装着大半瓶子水。一看见水，王风感到自己渴了，喉咙里像是在冒火。他很想跟运煤工商量一下,喝一口他的水。但他闭上嘴巴,往肚子里干咽了两下,忍住了。

运煤工问他:"小伙子,发过市吗?"

王风眨眨眼皮,不懂运煤工问的是什么意思。

张敦厚解释说:"他是问你跟女人搞过没有。"

王风赶紧摇摇头。

运煤工笑了,说:"我看你该发市了,等挣下钱,让你叔带你发发市去。"

王风把发市的意思听懂了,他像是受到了某种羞辱一样,对运煤工颇为不满。

荆条筐装满了,运煤工把拖车的绳袢斜套在肩膀上,拉起沉重的拖车走了。运煤工的腰弯得很低,身子贴向地面,有时两只手还要在地上扒一下。从后面看去,拉拖车的不像是一个人,更像是一匹骡子,或是一头驴。

十一

他们上的是夜班。头天下窑时,太阳还没落山。第二天出窑时,太阳已经升起来了。

当王风从窑口出来时，他的感觉像是做了一个长长的噩梦，终于醒过来了。为了证实确实醒过来了，他就四下里看。他看见天觉得亲切，看见地觉得亲切。连窑口拴着的那只狼狗，他看着也不似昨日那么可怕和讨厌了。也许是刚从黑暗里出来阳光刺目的缘故，也许他为窑上的一切所感动，他的两只眼睛都湿得厉害。

窑工从窑里出来，洗个热水澡是必须的。澡堂离窑口不远，只有一间屋子。迎门口支着一口特大号的铁锅。锅台后面，连着锅台的后壁砌着一个长方形的水泥池子。水烧热后，起进水泥池子里，窑工就在里面洗澡。这样的大锅王风见过，他们老家过年时杀猪，就是把吹饱气的猪放进这样的大锅里燖毛。锅底的煤火红通通的，烧得正旺。大铁锅敞着口子，水面上走着缕缕热气，刚到澡堂门口时，由于高高的锅台挡着，王风没看见里面的水泥池子，还以为人直接跳进大锅里洗澡呢！这可不行，人要跳进锅里，不把人煮熟才怪。等他走进澡堂，看见水泥池子，并看见有人正在水泥池子里洗澡，才放心了。

洗澡不脱裤衩是不行了。王风趁人不注意，很快脱掉裤衩，迈进水泥池子里去了。池子里的水已稠稠的，也不够深，王风赶紧蹲下身子，才勉强把下身淹住。他腿裆里刚刚生出一层细毛,细毛不但不能遮羞,反而增添了羞。这个时候的男孩子是最害羞的。比如刚从蛋壳里出来不久的小鸟,只扎出了圆毛,还没长成扁毛,还不会飞,这时的小鸟是最脆弱的,最见不得人的。王风越是不愿意让人看他那个地方,在澡堂里洗澡的那些窑工越愿意看他那个地方。一个窑工说:"哥们儿,站起来亮亮,咱俩比比,看谁的棒。"另一个窑工对他说:"哥们儿,你的鸟毛还没扎全哪!"还有一个窑工说:"这小子还没开过壶吧!"他们这么一逗,王风臊得更不敢露出下身了。他蹲着移到水池一角,面对澡堂的后墙,用手撩着水洗脸搓脖子。

一个窑工向着澡堂外面,大声喊:"老马,老马!"

老马答应着过来了,原来是一个年轻媳妇。年轻媳妇说:"喊什么喊,这多好的水还埋不住你的腚眼子吗!"

喊老马的窑工说:"水都凉了,你再给来点热乎的,让我们也舒服一回。"

"舒服你娘那脚!"年轻媳妇一点也不避讳,说着就进澡堂去了。

那些光着肚子洗澡的窑工更有邪的,见年轻媳妇进来,他们不但不躲避,不遮羞,反而都站起来了,面向年轻媳妇，把阳具的矛头指向年轻媳妇。他们咧着嘴，嘿嘿地笑着，笑得有些傻。只有王风背着身子，躲在那些窑工后面的水里不敢动。他不知道会发生什么样的事。

当年轻媳妇从大锅里起出一桶热水，泼向他们身上时，他们才一起乱叫起来。也许水温有些高，泼在他们身上有点烫。也许水温正好，他们确实感到舒服极了。也许根本就不是水的缘故，而是另有原因，反正他们的确兴奋起来了。他们的叫声像是欢呼，但调子又不够一致。叫声有的长，有的短，有的粗，有的细，而且发的都是没有明确意义的单音。如果单听叫声，人们很难判断出他们是一群人，还是一群别的什么动物。

"瞎叫什么，再叫老娘也没奶给你们吃！"年轻媳妇又起了一桶水，倒进水池里。

一个窑工说："老马，这里有个没开壶的哥们儿，你帮他开开壶怎么样？"

窑工们往两边让开，把王风暴露出来。

"什么？没开过壶？"老马问。

有人让王风站起来，让老马看看，验证一下。

王风知道众人都在看他，那个女人也在看他，他如针芒在背，恨不得把头也埋进水里。

有人动手拉王风的胳膊，有人往后扳王风的肩膀，还有人把脚伸到王风屁股底下去了，张着螃蟹夹子一样的脚趾头，在王风的腿裆里乱夹。

王风恼了，说："谁再招我，我就骂人！"

二叔说话了："我侄子害羞，你们饶了他吧。"

年轻媳妇笑了，说："看来这小子真没开过壶。钻窑门子的老不开壶多亏呀，你们帮他开开壶吧！"

一个窑工说："我们要是会开壶还找你干什么，我们没工具呀！"

年轻媳妇说："这话稀罕，我不是把工具借给你了吗？"

那个窑工一时不解，不知年轻媳妇指的是什么。别的窑工也在那个窑工身上乱找，不明白年轻媳妇借给他的工具在哪里。

年轻媳妇把题意点出来了，说："你们往他鼻子底下找。"

众人恍然大悟似的笑了。

王风睡觉睡得很沉，连午饭都没吃，一觉睡到了半下午。刚醒来时，他没弄清自己在哪里。眨眨眼，他才想起来了，自己睡在窑工宿舍里。这个宿舍是圆形的，半截在地下，半截在地上。进宿舍的时候先要下几级台阶，出宿舍也要先低头，先上台阶。整个宿舍打成了地铺，地铺上铺着碎烂的谷草。宿舍没有窗户，黑暗得跟窑下差不多。所以宿舍里一天到晚开着灯。灯泡上落了一层毛茸茸的东西，也很昏暗。王风看见，二叔和张叔叔也醒了，他们正凑在一起吸烟，没有说话。二位叔叔眉头皱着，他们的表情像是有些苦闷。宿舍还住着另外几个窑工，有的还在大睡，有的捏着大针缝衣服，有的把衣服翻过来在捉虱子。还有一个窑工，身子靠在墙壁上，在看一本书。书已经很破旧了，封面磨得起了毛。隐约可以看见，封面上的人物穿的是大红大绿的衣服，好像还有一把闪着光芒的剑。王风估计，那个窑工看的可能是一本武侠小说。

王风欠起身来，把带来的挎包拉在手边打开了。他从挎包里拿出来的是他的课本，有英语、物理、政治、语文等。每拿出一本，他翻了翻，放下了。翻开语文课本时，他从课本里拿出一张照片看起来。照片是他们家的全家福，后面是他爹和他娘，前面是他和妹妹。看着看着，他就走神了，心思就飞回老家去了。

"王风，看什么呢？"二叔问。

王风抽了一个冷战，说："照片，我们家的照片。"

"给我看看。"

王风把照片递给了二叔，指着照片上的他爹介绍说："这个就是我爹。"

二叔虎起脸子，狠瞪了他一眼。

王风急忙掩口。他意识到自己失口了，哪有当弟弟的不认识哥哥的。

二叔说："我知道，这张照片我见过。"说了这句，他意识到自己也失口了，差点露出一个骇人的线索。为了掩饰，他补充了一句："这张照片是在咱们老家照的。"

张敦厚探过头来，把照片看了一下，他只看了一下就不看了，转向看王明君的眼睛。

王明君也在看他。

两个人同时认定，这张照片跟张敦厚上次撕掉的那张照片一模一样，照片上的那个男人正是他们上次办掉的点子，不用说，这小子就是那个点子的儿子。

二叔把照片还给了王风，说："这张照片太小了，应该放大一张。"王风刚接到照片，他又把照片抽回来了，说，"这样吧，我正好到镇上有点事，顺便给你放大一张。"说着就把照片放进自己口袋里，站起来出门去了。往外走时，他装作无意间碰了张敦厚一下。张敦厚会意，跟在他后面向宿舍外头走去。来到一条山沟里，他们看看前后无人，才停下来了。王明君说：

"坏了，在火车站这小子一说他姓元，我就觉得不大对劲，怀疑他是上次那个点子的儿子，我就不想要他。看来真是那个点子的儿子，×他妈的，这事儿怎么这么巧呢！"

张敦厚说："这有什么，只要是两条腿的，谁都一样，我只认点子不认人！"

"咱要是把这小子当点子办了，他们家不是绝后了吗！"

"他们家绝后不绝后跟咱有什么关系，反正总得有人绝后。"

"我总觉得这事儿有点奇怪，这小子不是来找咱们报仇的吧？"

"要是那样的话，更得把他办掉了，来个斩草除根！"他的手向王明君一伸："拿来！"

"什么？"

"照片。"

王明君把照片掏出来了，递给了张敦厚。张敦厚接过照片，连看都不看，就一点一点撕碎了。他撕照片的时候，眼睛却瞅着王明君，仿佛是撕给王明君看的。

王明君没有制止他撕照片，说："你看我干什么？"

"不干什么,你不是要给他放大吗?"

"去你妈的,你以为我真要给他放大呀,我觉得照片是个隐患,那样说是为了把照片从他手里要过来。"

张敦厚把撕碎的照片扔在地上,一只脚踩上去使劲往土里拧。拧不进土里,他就用脚后跟蹬出一些碎土,把照片的碎片埋上了。

十二

第二次从窑里出来,王风有了收获,带到窑上一块煤。煤块像一只蛤蜊那么大,一面印着一片树叶。发现这块带有树叶印迹的煤时,王风显得十分欣喜,马上拿给二叔看,说:"二叔二叔,你看,这块煤上有一片树叶,这是树叶的化石。"

二叔说:"这有什么稀罕的。"

王风说:"稀罕着呢。老师给我们讲过,说煤是森林变成的,我们还不相信呢。有了这块带树叶的煤,就可以证明煤确实是亿万年前的森林变成的。"

"煤就是煤,证明不证明有什么要紧。煤是黑的,再证明也变不成白的。好了,扔了吧。"

"不，我要把这块煤带回老家去，给我妹妹看看，给老师看看。"

"你打算什么时候回老家？"

"我也不知道。听二叔您的，您说什么时候回，咱就什么时候回。"

王明君牙齿间冷笑了一下，心说："你小子还惦着回老家呢，过个三两天，你的魂儿回老家去吧。"

王风把煤块拿到宿舍里，又在那里反复看。印在煤上的树叶是扇面形的，叶梗叶脉都十分清晰。王风不知道这是什么树的叶子，也许这样的树早就绝种了。他用手指肚把"扇面"轻轻摸了一下，还捏起两根指头去捏树叶的叶梗。他想，要是能从煤上揭下一片黑色的树叶，那该多好呀。

同宿舍有一位岁数较大的老窑工问他："小伙子，看什么呢？"

"树叶，长在煤上的树叶。"

"给我看看行吗？"

王风把煤块给老窑工送过去了。老窑工翻转着把煤块端详了一下，以赞赏的口气说："不错，是树叶。这树叶就是煤的魂哪！"

王风有些惊奇，问："煤还有魂？"

老窑工说："这你就不懂了吧，煤当然有魂。以前这地方不把煤叫煤,你知道叫什么吗?"

"不知道。"

"叫神木。"

"神木?"

"对,神木。从前,这里的人并不知道挖煤烧煤。有一年发大水,把煤从河床里冲出来了。人们看见黑家伙身上有木头的纹路,一敲当当响,却不是木头,像石头。人们把黑家伙捞上来,也没当回事,随便扔在院子里,或者搭在厕所的墙头上了。毒太阳一晒,黑家伙冒烟了,这是怎么回事,难道黑家伙能当木头烧锅吗?有人把黑家伙敲下一块,扔进灶膛里去了。你猜怎么着,黑家伙烘烘地着起来了,浑身通红,冒出的火头蓝荧荧的,真是神了。大家突然明白了,这是大树老得变成神了,变成神木了。"

王风听得眼睛亮亮的,说:"我这块煤就是带树叶的神木。"

王明君不想让王风跟别人多说话,以免露了底细,说:"王风,我让你刮胡子你刮了吗?"

"还没刮。"

"你这孩子就是不听话,要是这样的话,下次我就不带你出来了。马上刮去吧。"

王风从书包里拿出刮胡子刀,开始刮胡子。他把唇上的一层细细的绒毛摸了摸，迟疑着下不了刀子。他这是平生第一次刮胡子，心里不大情愿。他也听说过，胡子越刮长得越旺。他不想让胡子长旺。男同学们都不想让胡子长旺。胡子一长起来，就不像个学生了。可是，二叔让他刮，他不敢不刮。二叔希望他尽快变成一个大人的样子，他不能违背二叔的意志。把刀片的利刃贴在上唇上方，他终于刮下了第一刀。胡子没有发出什么声响，第一茬胡子就细纷纷地落在地铺的谷草上。他是干刮，既没湿水，也没打肥皂。刮过之后，他觉得嘴唇上面有点热辣辣的，像是失去了什么。他不由得生出了几分伤感。

下午睡醒后，王风拿出纸和笔，给家里人写信。他身子靠着墙，把课本搁在膝盖上，信纸垫着课本写。娘不识字，他把信写给妹妹了。他以前没写过信，每写一句都要想一想。想起妹妹，好像是看见了妹妹。问起娘，好像是看到了娘。提到尚未找到的爹，他像是看到了爹。不知怎么留下的印象，他想到每一位亲人，那位亲人就以一种特定的形象出现在他的脑海里，妹妹是在娘面前哭，怕娘不让她上学。娘是满头草灰、满头大汗地在灶屋里做饭。爹呢，则是背着铺盖卷儿刚从外面回家。亲人的形象在他脑子里闪过，他的鼻子酸了又酸，眼圈红了又红。要不是他揉了好几次眼，他的眼泪几乎打在信纸上了。

张敦厚碰碰王明君,意思让他注意王风的一举一动。王明君看出王风是给家里人写信,故意问道:"王风,给女同学写信呢?"

王风说:"不是,是给我妹妹写。"

"你在学校里跟女同学谈过恋爱吗?"

王风的脸红了,说:"没有。"

"为什么?没有女同学喜欢你吗?"

"老师不准同学们谈恋爱。"

"老师不准的事儿多着呢,你偷偷地谈,别让老师发现不就得了。跟二叔说实话,有没有女同学喜欢过你。"

王风皱起眉想了一下,还是说没有。

"再到学校自己谈一个,那样我和你爹就不用操你的心了。"

王风写完了信,王明君马上把信要过去了,说他要到镇上办点事,捎带着替王风把信送到邮局发走。王风对二叔深信不疑。

王明君拿了信,就到附近的一条山沟里去了。张敦厚随后也去了。他们找了一个背风和背人的地方,坐下来看王风的信。王风在信上告诉妹妹,他现在找到了工作,在一个矿上挖煤。等他发了工资,就给家里寄回去，他保证不让妹妹失学。他要妹妹一定要努力学习。说他放弃了上学，正是为了让妹妹好好上学，希望妹妹一定要争气啊！他问娘的身体怎么样，让妹妹告诉娘，不要挂念他。他用了一个词，好男儿志在四方。他也是一个男儿，不能老靠娘养活，该出来闯一闯了。还说他工作的地方很安全，请娘不要为儿担心。他说，他还没有打听到爹的下落，他会继续打听，走到哪里打听到哪里。有了钱后，他准备到报社去，在报纸上登一个寻人启事。他不相信爹会永远失踪。王明君还没把信看完，张敦厚捅了他一下，让他往山沟上面看。王明君仰起脸往对面山沟的崖头上一看，赶紧把信收起来了。崖头上站着一个居高临下的人，人手里牵着一条居高临下的狗，人和狗都显得比较高大，几乎顶着了天。人是本窑的窑主，狗是窑主的宠信。窑主及其宠信定是观察过他们一会儿了，窑主大声问："你们两个干什么呢？鬼鬼祟祟的，不是在搞什么特务活动吧？"

狼狗随声附和，冲他们威胁似的低吠了两声。

王明君说："是矿长呀！我让侄子给家里写了一封信，我给他看看有没有错别字。"

"看信不在宿舍里看，钻到这里干什么！"

"我要把信送走，不知道路，一走就走到这里来了。"

"我告诉你们，要干就老老实实地干，不要给我捣乱！"

狗挣着要往山沟下冲，窑主使劲拽住了它，喝道："哎，老希，老希，老实点儿！"窑主给老希指定了一个方向，他和老希沿着崖头上沿往前走了。老希在前面挣，窑主在后面拖。老希的劲很大，窑主把铁链子后面的皮绳缠在手上，双脚戗地，使劲往后仰着身子，还是被老希拖得跌跌撞撞，收不住势。

王明君一直等到窑主和狗在崖头上消失，才接着把信看完。王风在信的最后说，他遇到了两个好心人，一个是王叔叔，一个是张叔叔。两个叔叔都对他很关心，像亲叔叔一样。王明君把信捏着，却没有说信的事儿。对窑主的突然出现，他心里还惊惊的，吸了一下牙说："我看这个窑主是个老狐狸，他是不是发现咱们有什么不对劲的地方了。"

张敦厚说："不可能，他是出来遛狗，偶尔碰见我们了。狗不能老拴着，每天都要遛一遛。你不要疑神疑鬼。"

王明君不大同意张敦厚的说法，说："反正我觉得这个窑主不一般，不说别的，你听他给狗起的名字，希特勒，把'希特勒'牵来牵去的人，能是好对付的吗！"

"不好对付怎的，窑上死了人他照样得出血。你只管把点子办了，我来对付他！"张敦厚把信要过去，看了一遍。他没把信还给王明君，冷笑一下，就把信撕碎了，跟撕毁照片一样。

王明君不悦："你，怎么回事？"

"我怎么了？"

"我自己不会撕吗！"

"会撕是会撕，我怕你舍不得撕。"

"这是什么意思？"

"什么意思这要问你，你是不是同情那小子了？"

王明君打了一个愣，否认说："我干吗要同情他！我同情他，谁同情我？"

张敦厚说："这就对了，你想想看，这信要是发出去，就等于把商业秘密泄露出去了，咱们的生意就做不成了。就算咱硬把生意做了，这封信捏在人家手里，也是一个祸根。"

"就你他妈的懂，我是傻子，行了吧！我把信要过来为什么，还不是为了随时掌握情况，及时堵塞漏洞。我主要是想着，这小子来到人世走一回，连女人是什么味都没尝过，是不是有点亏？"

"这还不好办，把他领到路边饭店，或者发廊，找个女人让他玩一把不就得了。"

"把这个任务交给你，你带他去玩吧。"

张敦厚不由得往旁边躲了一下，说："那是你侄子，干吗交给我呀！有那个钱，我自己还想玩呢。再说了，咱们以前办的点子，从来没有这个项目，谁管他×不×女人。"

王明君指着张敦厚："这就是你的态度？你不合作是不是？"

"谁不合作了？我说不合作了吗？"

"那你为什么斤斤计较，光跟我算小账？"

张敦厚见王明君像是恼了，作出了妥协，说："得得得，钱你先垫上，等窑主把钱赔下来，咱哥俩儿平摊还不行吗！"

张敦厚主张当天下午就带王风去开壶，王明君坚持明天再去。两个人在这个问题上又产生了分歧。张敦厚认为，解决点子要趁早，让点子多活一天，就多一天的麻烦。王明君说，今天他累了，没精神，不想去。要去，由张敦厚一个人带点子去。张敦厚向王明君伸手，让王明君借钱给他。王明君在他手上狠抽了一巴掌，说："借给你一根××，拿回去给你妹妹用吧！"

不料张敦厚说："拿来，拿来，××我也要，我炖炖当狗鞭吃。"

"没有你不要的东西,我看你小子完了,不可救药了。"

十三

这天下班后,他们吃过饭没有睡觉,王明君和张敦厚就带王风到镇上去了。按照昨天的计划,在办掉点子之前,他们要让这个年轻的点子尝一尝女人的滋味,真正当一回男人。

走出煤矿不远,他们就看见路边有一家小饭店。饭店门口的高脚凳子上坐着两个小姐。阳光亮亮的,他们远远地就看见两个小姐穿得花枝招展,脸很白,嘴唇很红,眉毛很黑。张敦厚对王风说:"看,鸡。"

王风往饭店门前看了看,说:"没有鸡呀。"

张敦厚让他再看看。

王风还是没看见,他问:"是活鸡还是死鸡?"

张敦厚说:"当然是活鸡。"

王风摇头,说:"没看见。只有两个女的在那儿嗑瓜子儿。"

"对呀,那两个女的就是鸡。"

王风不解,说:"女的是人,怎么能是鸡呢!"

张敦厚笑着拍了一下王明君,说:"你二叔对鸡很有研究,让你二叔给你讲讲。"

王风求知似的看着二叔。

二叔说:"别听你张叔叔瞎说,我也不懂。女人是人,鸡是鸡。鸡可以杀吃,女人又不能杀吃,干吗把人说成鸡呢!"

张敦厚想了想说:"谁说女人不能杀吃,只是杀法不太一样,鸡是杀脖子,女人是杀下边。"

这话王风更不懂了,说:"怎么能杀人呢!"

杀人的话题比较敏感了,二叔说:"你张叔叔净是胡扯。"

王明君本想把这家小饭店越过去,到镇子上再说。到了跟前,才知道越过去是不容易的。两位小姐一看见他们,就站起来,笑吟吟地迎上去,叫他们"这几位大哥",给他们道辛苦,请他们到里面歇息。

王明君说:"对不起,我们吃过饭了。"

一位小姐说:"吃过饭没关系,可以喝点茶嘛。"

王明君说:"我们不渴,不喝茶。我们到前边看看。"

另一位小姐说:"怎么会不渴呢,出门在外的,男人家没有一个不渴的。"

张敦厚大概想在这里让点子解决问题，问："你们这里都有什么茶，有花茶吗？"

一位小姐说："有呀，什么花都有，你们想怎么花就怎么花。"

两位小姐说着就上来了，样子媚媚的，分别推王明君和张敦厚的腰窝。

二人经不起小姐这样推法，嘴当家腿不当家，说着不行不行，腿已经插入饭店的门口里了。饭店里空空的，没有别的客人。

只有王风站在饭店门外没动。他没见过这样的阵势，不知会发生什么事情。

一个小姐回头关照他，说："这个小哥哥，进来呀，愣着干什么！我们不是老虎，不吃人。"

二叔说："进来吧，咱们坐一会儿。"

王风这才迟疑着进去了。

他们刚坐定，站在柜台里面的女老板过来了，问他们用点什么。女老板个子高高的，姿色很不错，看样子岁数也不大，不会超过三十岁。关键是女老板笑得很老练，很有一股子抓人的魅力，让人不可抗拒。

王明君问："你们这里有什么？"

女老板说："我们这里有小姐呀，只要有小姐，就什么都有了,对不对?"

王明君不由得笑了笑,承认女老板说得很对,但他还是问了一句:"你们这里有按摩服务吗?"

"当然有了,你们想怎么按就怎么按,做爱也可以。"

"啊,做爱!"做爱的说法使张敦厚激动得嘴都张大了,"这个词儿真他妈的好听。"

王风的脸红了,眼不敢看人。他懂得做爱指的是什么。

王明君让女老板跟他到一边去了,他小声跟女老板讨价还价。女老板说做一次二百块。他说一百块。后来一百五成交。女老板说:"你们三个人,我这里只有两个小姐,你们当中的一个人还要等一下。"

王明君把女老板满眼瞅着,说:"加上你不是正好吗,咱俩做怎么样?"

女老板微笑得更加美好,说:"我不是不可以做,不过你至少要出五百块。"

王明君说:"开玩笑开玩笑。"他把王风示意给女老板看,小声说:"那是我侄子,今天我主要是带他来见见世面,开开眼界。"

女老板似乎有些失望。

王明君回过头做王风的思想工作,说:"我看你这孩子力气还没长全，干起活儿来没有劲。今天呢，我请人给你治治。你不用怕，一不给你打针，二不让你吃药，就是给你做一个全身按摩。经过按摩，你的肌肉就结实了，骨头就硬了，人就长大了。"

女老板指派一个小姐过来了，小姐对王风说："跟我来吧。"

王风看着二叔。二叔说："去吧。"

跟小姐走了两步，王风又退回来了，对二叔说："我不想按摩，我以后加强锻炼就行。"

二叔说："锻炼代替不了按摩，去吧，听话。我和张叔叔在这里等你。"

饭店后墙有一个后门，开了后门，现出后面一个小院，小院里有几间平房。小姐把王风领到一间平房里去了。

不大一会儿，王风就跑回来了，他满脸通红，呼吸也很急促。

二叔问："怎么回事？"

王风说："她脱我的裤子，还，还……我不按摩了。"

二叔脸子一板，拿出了长辈的威严，说："混蛋，不脱裤子怎么按摩。你马上给我回去，好好配合人家的治疗，人家治疗到哪儿，你都得接受。不管人家用什么方法治疗,你都不许反对。再见你跑回来我就不要你了!"

这时那位小姐也跟出来了,在一旁吃吃地笑。王风极不情愿地向后院走时,王明君却把小姐叫住了,向小姐询问情况。

小姐说:"他两手捂着那地方,不让动。"

"他不让动,你就不动了,你是干什么吃的!把你的技术使出来呀!我把丑话说到前面——"说到这里,他看了一眼回到柜台里的老板娘,意思让老板娘也听着,"你要是不把他的东西弄出来,我就不付钱。"

张敦厚趁机把小姐的屁股摸了一把,嘴脸馋得不成样子,说:"我这位侄子还是个童男子,一百个男人里边也很难遇到一个,你吸了他的精,我们不跟你要钱就算便宜。"

小姐到后院去了,另一个小姐继续到门外等客,王明君和张敦厚就看着女老板笑。女老板也对他们笑。他们笑意不明,都笑得有些怪。女老板对王明君说:"你对你侄子够好的。"

王明君却叹了一口气说:"当男人够亏的,拼死拼活挣点钱,你们往床上一仰巴,就把男人的钱弄走了。有一点我就想不通,男人舒服,你们也舒服,男人的损失比你们还大,干吗还让男人掏钱给你们!"

女老板说:"这话你别问我,去问老天爷,这是老天爷安排的。"

说话之间,王风回来了。王风低头走到二叔跟前,低头在二叔跟前站下,不说话。他脸色很不好,身上好像还有些抖。

二叔问:"怎么,完事儿了?"

王风抬起头来看了看二叔,嘴一瘪咕一瘪咕,突然间就哭起来了,他咧开大嘴,哭得呜呜的,眼泪流得一塌糊涂。他哭着说:"二叔,我完了,我变坏了,我成坏人了……"哭着,一下子抱住了二叔,把脸埋在二叔肩膀上,哭得更加悲痛。

二叔冷不防被侄子抱住,吓了一跳。但他很快明白了这是怎么回事,男孩子第一次发生这事,一点也不比女孩子好受。他搂住了王风,一只手拍着王风的后背,安慰王风说:"没事儿,啊,别哭了。作为一个男人,早晚都要经历这种事儿,经历过这种事儿就算长成人了。你不要想那么多,权当二叔给你娶了一房媳妇。"这样安慰着,他无意中想到了自己的儿子,仿佛怀里搂的不是侄子,而是自己的亲生儿子。他未免有些动感情,神情也凄凄的。

那位小姐大概被王风的痛哭吓住了,躲在后院不敢出来。女老板摇了摇头,不知在否定什么。张敦厚笑了一下又不笑了,对王风说:"你哭个尿呢,痛快完了还有什么不痛快的!"

王风的痛哭还止不住,他说:"二叔,我没脸见人了,我不活了,我死,我……"

二叔一下子把他从怀里推开,训斥说:"死去吧,没出息!我看你怎么死,我看你知不知道一点好歹!"

王风被镇住了,不敢再大哭,只抽抽噎噎的。

十四

他们三人回到矿上,见窑主的账房门口跪着两个人,一个大人和一个孩子。大人年龄也不大,看上去不过二十七八岁。他是一个断了一条腿的瘸子,右腿连可弯曲下跪的膝盖都没有了,空裤管打了一个结,断腿就那么直接杵在地上。大概为了保持平衡,他右手扶着一支木拐。孩子是个男孩,五六岁的样子。孩子挺着上身,跪得很直。但他一直塌蒙着眼皮,不敢抬头看人。孩子背上还斜挎着一个脏污的包袱。王明君他们走过去,正要把跪着的两个人看一看,从账房里出来一个人,挑挑手让他们走开,不要瞎看。这个人不是窑主，像是窑主的管家一类的人物。他们往宿舍走时，听见管家喝向断腿的男人："不是赔过你们钱了吗，又来干什么！再跪断一条腿也没用，快走！"

断腿男人带着哭腔说："赔那一点钱够干什么的，连安个假腿都不够。我现在成了废人，老婆也跟我离婚了，我和我儿子怎么过呀，你们可怜可怜我们吧！"

"你老婆和你离不离婚，跟矿上有什么关系。你不是会告状吗，告去吧。实话告诉你，我们把钱给接状纸的人，也不会给你。你告到哪儿也没用！"

"求求你，给我儿子一口饭吃吧，我儿子一天没吃饭了，我给你磕头，我给你磕头……"

他们下进宿舍刚睡下，听见外面人嚷狗叫，还有人大声喊救命，就又跑出来了。别的窑工也都跑出来看究竟。

窑口煤场停着一辆装满煤的汽车，汽车轰轰地响着。两个壮汉把断腿的男人连拖带架，往煤车上装。断腿的人一边使劲扭动，拼命挣扎，一边声嘶力竭地喊："放开我！放开我！还我的腿，你们还我的腿！我儿子，我儿子！"

儿子哇哇大哭，喊着："爸爸！爸爸！"

狼狗狂叫着，肥大的身子一立一立的，把铁链子抖得哗哗作响。

两个壮汉像往车上装半布袋煤一样，胡乱把断腿的人扔到煤车顶上去了，把他的儿子也弄上去了。汽车往前一蹿开走了。断腿的人抓起碎煤面子往下撒，骂道："你们都不得好死！"

汽车带风，把小男孩儿头上的棉帽子刮走了。棉帽子落在地上，翻了好几个滚儿才停下。

小男孩儿站起来看他的帽子，断腿的人一把把他拉坐下了。

窑主始终没有露面。

回到宿舍，窑工们蔫蔫的，神色都很沉重。那位给王风讲神木的老窑工说："人要死就死个干脆，千万不能断胳膊少腿。人成了残废，连狗都不待见，一辈子都是麻烦事。"

张敦厚悄悄地对王明君说："咱要狠狠地治这个窑主一下子。"

王明君明白，张敦厚的言外之意是催他赶快把点子办掉。他没有说话，扭脸看了看王风。王风已经睡着了，脸色显得有些苍白。这孩子大概在梦里还委屈着，他的眼睫毛是湿的，还时不时地在梦里抽一下长气。

下午太阳落山的时候，他们从狼狗面前走过，又下窑去了。这是他们三个在这个私家煤窑干的第五个班。按照惯例，王明君和张敦厚应该把点子办掉了。窑上的人已普遍知道了王风是王明君的侄子，这是一。他们的劳动也得到了窑主的信任，窑主认为他们的技能还可以，这是二。连狼狗也认可了他们，对他们下窑上窑不闻不问，这是三。看来铺垫工作已经完成了，一切条件都成熟了，只差把点子办掉后跟窑主要钱了。

窑下的掌子面当然还是那样隐蔽，氛围还是那样好，很适合杀人。镐头准备好了，石头准备好了，夜幕准备好了，似乎连污浊的空气也准备好了，单等把点子办掉。可是，时间在一分一秒地过去，运煤的已经运了好几趟煤，王明君仍然没有动手。

张敦厚有些急不可耐，看了王明君一次又一次，用目光示意他赶快动手。他大概觉得用目光示意不够有力，就用矿灯代替目光，往王明君脸上照。还用矿灯灯光的光棒子往下猛劈，用意十分明显。然而王明君好像没领会他的意图，没有往点子身边接近。

张敦厚说："哥们儿，你不办我替你办了！"说着笑了一下。

王明君没有吭声。

张敦厚以为王明君默认了，就把镐头拖在身后，向王风靠近。

王风已经学会刨煤了。他把煤壁观察一下，用手掌摸一摸，找准煤壁的纹路，用镐尖顺着纹路刨。他不知道煤壁上的纹路是怎样形成的。按他自己的想象，既然煤是树木变成的，那些纹路也许是树木的花纹。他顺着纹路把煤壁掏成一个小槽，然后把镐头翻过来，用镐头铁锤一样的后背往煤壁上砸。这样一砸，煤壁就被震松了，再刨起来，煤壁就土崩瓦解似的纷纷落下来。王风身上出了很多汗，细煤一落在他身上，就被他身上的汗水粘住了，把他变成了一个黑人，或者是一块人形的煤。不过，他背上的汗水又把沾在身上的煤粉冲开了，冲成了一道道小溪，如果把王风的脊背放大了看，他的背仿佛是一个浅滩，浅滩上淙淙流淌着不少小溪，黑的地方是小溪的岸，明的地方是溪流中的水。中间那道溪流为什么那样宽呢，像是滩上的主河道。噢，明白了，那是王风的脊梁沟。王风没有像二叔和张叔叔那样脱光衣服，赤裸着身子干活，他还是坚持穿着裤衩干活。很可惜，他的裤衩已经看不出原来的颜色了，变成了黑色的。而且，裤衩后面还烂了一个大口子，他每刨一下煤，大口子就张开一下，仿佛是一个垂死呼吸的鱼嘴。这就是我们的高中一年级的一个男生，他的本名叫元凤鸣，现在的代号叫王风。他本来应该和同学们一起，坐在教室里听老师讲课。听老师讲数学讲语文，也跟老师学音乐学绘画。下课后，他应该和同学们到宽阔的操场上去，打打篮球，玩玩单双杠，或做些别的游戏。可是，由于生活所逼，他却来到了这个不为人知的万丈地底，正面临着生命危险。

张敦厚已经走到了王风身后，他把镐头拿到前面去了，他把镐头在手里顺了顺，他的另一只手也握在镐把上了，眼看他就要把镐头举起来——

这时王明君喊了一声："王风，注意顶板！"

王风应声跳开了，脱离了张敦厚的打击范围。他以为真的是顶板出了问题，用矿灯在顶板上照。

王风跳开后，张敦厚被暴露在一块空地里。他握镐的手松垂下来了，镐头拖向地面。尽管他的意图没有暴露，没有被毫无防人之心的王风察觉，他还是有些泄气，进而有些焦躁。他认为王明君喊王风喊的不是时候，不然的话，他一镐下去就把点子办掉了。他甚至认为，王明君故意在关键时候喊了王风一嗓子，意在提醒王风躲避。躲避顶板是假，躲避打击是真。他不明白这是为什么。为什么？难道王明君不愿让他替他下手？难道王明君不想跟他合作了？难道王明君要背叛他？他烦躁不安地在原地转了两圈，就气哼哼地靠在巷道边坐下了。坐下时，他把镐头的镐尖狠狠地往底板上刨去。底板是一块石头，镐尖打在上面，砰地溅出一簇火花。亏得这里瓦斯不是很大，倘是瓦斯大的话，有这簇火花作引子，窑下马上就会发生瓦斯爆炸，在窑底干活的人统统都得完蛋。

张敦厚坐了一会儿，气不但没消，反而越生越大，赌气变成了怒气。他看王风不顺眼，看王明君也不顺眼。他不明白，王风这点子怎么还活着，王明君这狗×的怎么还容许点子活着。点子一刻不死，他就一刻不痛快，好像任务没有完成。王明君迟迟不把点子打死，他隐隐觉得哪里出了毛病，出了障碍，不然的话，这次合作不会如此别扭。王明君让王风歇一会儿，他自己到煤壁前刨煤去了。他刨着煤，还不让王风离开，教王风怎样问顶，说如果顶板一敲当当响，说明顶板没问题。如果顶板发出的声音空空的，就说明上面有了裂缝，一定要加倍小心。他站起来，用镐头的后背把顶板问了问。顶板的回答是空洞的，还有点闷声闷气。王风看看王明君。王明君说，现在问题还不大，不过还是要提高警惕。张敦厚在心里骂道："警惕个屁！"看着王明君对王风那么有耐心，他对他们二人的关系产生了怀疑，难道王明君真把王风当成了自己的亲侄子？难道他们私下里结成了同盟，要联合起来对付他？张敦厚顿时警觉起来，不行，一定要尽快把点子干掉。于是他装出轻松的样子，又拖着镐头向王风走过去。他喉咙里还哼哼着,像是哼一支意义不明的小曲儿。他用小曲迷惑王风,也迷惑王明君。他在身子一侧又把镐头握紧了,看样子他这次不准备用双手握镐把儿了,而是利用单手的甩力把镐头打击出去。以前,他打死点子时,一般都是从点子的天灵盖上往下打,那样万一有人验伤时,可以轻易地把受伤处推给顶板落下的石头。这次他不管不顾了,似乎要把镐头平甩出去,打在王风的耳门上。就在他刚要把镐头抡起来时,王明君再次干扰了他,王明君喊:"唐朝阳!"

提起唐朝阳,等于提起张敦厚上次的罪恶,他一愣,仿佛自己头上被人击了一镐,自己手里的镐头差点松脱了。他没有答应,却问:"你喊谁?谁是唐朝阳?"

王明君没有肯定他就是唐朝阳,过去抓住他的一只胳膊,把他拉到掌子面外头的巷道里去了。张敦厚意识到王明君抓他的胳膊抓得有些狠,胳膊使劲一甩,从王明君手里挣脱了。他骂了王明君,质问王明君要干什么。

王明君说:"咱不能坏了规矩。"

"什么规矩?"

王明君刚要说明什么规矩,王风从掌子面跟出来了,他不知道两个叔叔之间发生了什么事。

王明君厉声喝道:"你出来干什么?回去,好好干活!"

王风赶紧回掌子面去了。

王明君说出的规矩是,他们还没有让王风吃一顿好吃的,还没有让王风喝点上路的酒。

张敦厚不以为然,说:"小××孩儿,他又不会喝酒。"

"会不会喝酒是他的事儿,让不让喝酒是咱的事儿,大人小孩儿都是人,规矩对谁都一样。"

张敦厚很不服,但王明君的话占理,他驳不倒王明君。他的头拧了两下,说:"明天再不办咋说?"

"明天肯定办。"

"你啃谁的腚?我看没准儿。"

"明天要是办不成,你就办我,行了吧!"

张敦厚没有说话。

这个时候,张敦厚应该表一个态,指出王明君是开玩笑,他不说话是危险的,至少王明君的感觉是这样。

等张敦厚觉出空气沉闷应该开一个玩笑时,他的玩笑又很不得体,他说:"你是不是看中那小子了,要留下做你的女婿呀!"

"留下给你当爹!"王明君说。

十五

最后一个班,王明君在掌子面做了一个假顶。所谓假顶,就是上面的石头已经悬空了,王明君用一根点柱支撑住,不让石头落下来。需要石头落下来时,他用镐头把点柱打倒就行了。这个办法类似用木棍支起筛子捉麻雀,当麻雀来到筛子下面时,把木棍拉倒,麻雀就被罩在下面了。不对,筛子扣下来时,麻雀还是活的,而石头拍下来时,人十有八九会被拍得稀烂。王明君把他的想法悄悄地跟张敦厚说了,这次谁都不用动手,他要制造一个真正的冒顶,把点子砸死。

张敦厚笑话他,认为他是脱下裤子放屁,多此一举。

王明君把假顶做好了,只等王风进去后,他退到安全地带,把点柱弄倒就完了。那根点柱的作用可谓千钧一发。

在王明君煞费苦心地做假顶时,张敦厚没有帮忙,一直用讥讽的目光旁观他,这让王明君十分恼火。假顶做好后,张敦厚却过去了,把手里的镐头对准点柱的根部说:"怎么样,我试试吧?"

王明君正在假顶底下,如果张敦厚一试,他必死无疑。"你干什么?"王明君从假顶下跳出来了,跳出来的同时,镐头阻挡似的朝张敦厚抡了一下子。他用的不是镐头的后背,而是镐头的镐尖,镐尖抡在张敦厚的太阳穴上,竟把张敦厚抡倒了。天天刨煤,王明君的镐尖是相当尖利的,他的镐尖刚脱离张敦厚的太阳穴,成股的鲜血就从张敦厚脑袋一侧滋冒出来。这一点既出乎张敦厚的意料,也出乎王明君的意料。

张敦厚的眼睛瞪得十分骇人,他的嘴张着,像是在质问王明君,却发不出声音。但他挣扎着,抱住了王明君的一只脚,企图把王明君拖到假顶底下,他再把点柱蹬倒……

王明君看出了张敦厚的企图,就使劲抽自己的脚。抽不出脚来,他也急眼了,喊道:"王风,快来帮我把这家伙打死,就是他打死了你爹,快来给你爹报仇!"

王风吓得往后退着,说:"二叔,不敢……不敢哪,打死人是犯法的。"

指望不上王风,王明君只好自己抡起镐头,在张敦厚头上连砸几下,把张敦厚的头砸烂了。

王风捂着脸哭起来了。

"哭什么，没出息！不许哭，给我听着！"王明君把张敦厚的尸体拖到假顶下面，自己也站到假顶底下去了。

王风不敢哭了。

"我死后，你就说我俩是冒顶砸死的，你一定要跟窑主说我是你的亲二叔，跟窑主要两万块钱，你就回家好好上学，哪儿也不要去了！"

"二叔，二叔，你不要死，我不让你死！"

"不许过来！"

王明君朝点柱上踹了一脚，磐石般的假顶骤然落下，烟尘四起，王明君和张敦厚顿时化为乌有。

王风没有跟窑主说王明君是他的亲二叔，他把在窑底看到的一切都跟窑主说了，说的全部是实话。他还说，他的真名叫元凤鸣。

窑主只给了元凤鸣一点回家的路费，就打发元凤鸣回家去了。

元凤鸣背着铺盖卷儿和书包，在一道荒路茫茫的土梁上走得很犹豫。既没找到父亲，又没挣到钱，他不想回家。可不回家又到哪里去呢！

1999年6月1日至7月9日写于北京

（获第二届老舍文学奖）

到城里去

一

  嫁人之前，宋家银失过身。不然的话，她不会嫁给杨成方。杨成方个子不高，人柴，脸黑。杨成方的牙也不好看，上牙两个门牙之间有一道宽缝子，门牙老也关不上门。这样牙不把门的男人，要是能说会道也好呀，也能填话填话人。杨成方说话也不行，说句话难得跟从老鳖肚里抠砂礓一样。老鳖的肚子里不见得有砂礓，谁也没见过有人从老鳖的肚子里抠出砂礓来。可宋家银在评价杨成方的说话能力时，就是这样比喻的。宋家银之所以在和杨成方相亲之后勉强点了头，因为她对自身心中有数。既然身子被人用过了，价码就不能再定那么高，就得适当往下落落。还有一个原因，听媒人介绍说，杨成方是个工人。宋家银的母亲托人打听过，杨成方在县城一个水泥预制件厂打楼板，不过是个临时工。临时工也是工人，也是领工资的人。打楼板总比打牛腿说起来好听些。那时的人也叫人民公社社员，社员都在生产队里劳动，挣工分，能到外头当工人的极少。一个村顶多有一个两个，有的村甚至连一个当工人的都没有。宋家银却摊到了一个工人，成了工人家属。这样的名义，让宋家银感觉还可以，还说得过去。

宋家银还有附加条件，不答应她的条件，杨家就别打算使媳妇。杨成方弟兄四个。老大已娶妻，生子。杨成方是老二。老三在部队当兵，老四还在初中上学。他们没有分家，一大家子人还在一个锅里耍勺子。宋家银提的第一个条件，是把杨成方从他们家分离出来，她一嫁过去，就与杨成方另垒锅灶，另立门户，过小两口的小日子。第二个条件是，杨家父母要给杨成方单独盖三间屋，至少有两间堂屋，一间灶屋。这第二个条件跟在第一个条件后面，是为第一个条件作保障的，如果没有第二个条件，第一个条件就不能实现。宋家银提条件的主要目的，是为了进门就能当家作主，控制财权，让杨成方把工资交到她手里。结婚后，她不能允许杨成方再把钱交给父母，变成大锅饭吃掉。她要把杨成方挣的钱一点一滴攒起来，派别的用场。宋家银懂得，不管什么条件，必须在结婚之前提出来，拿一把。等你进了人家的门，成了人家的人，再想拿一把恐怕就晚了。说不定什么都拿不到，还会落下一个闹分裂和不贤惠的名声。这些条件，宋家银不必直接跟杨家的人谈，连父母都不用出面，只交给媒人去交涉就行了。反正宋家银把这两个条件咬定了，是板上钉钉，没有丝毫回旋的余地。杨家的人没有那么爽快，他们强调了盖屋的难处，说三间屋不是一口气就能吹起来的，没有檩椽，没有砖瓦，连宅基地都没有，拿什么盖。宋家银躲在幕后，通过父母，再通过媒人，以强硬的措词跟杨家的人传话，说这没有，那没有，凭什么娶儿媳妇，把儿媳妇娶过去，难道让儿媳妇睡到月亮地里！她给了对方一个期限，要求对方在一年之内把屋子盖起来，只要屋子一盖起来，她就是杨家的人了。这种说法虽是最后通牒的意思，也有一些人情味在里头，这叫有硬也有软，软中还是硬。至于一年之内盖不起屋子会怎样，媒人没有问，宋家银也没有说。后面的话不言自明。

　　宋家银提出这样的条件和期限，她心里也有些打鼓，也有一点冒险的感觉，底气并不是很足。好在对方并不知道她是一个失过身的人,要是知道了她的底情,人家才不吃她这一套呢。宋家银听说过开弓没有回头箭的说法,既然把话说出去了,就不能收回来,就得硬挺着。也许杨家真的盖不起屋,也许她把在县里挣工资的杨成方错过了,那她也认了。还好,宋家银听说,杨家的人开始脱坯,开始备木料。宋家银松了一口气,她觉得自己取得了初步的胜利。三间屋子如期盖好了,只是墙是土坯墙,顶是麦草顶,屋子的质量不太理想。宋家银对屋子的质量没有再挑剔。她当初只提出盖三间屋,并没有要求一定盖成砖瓦屋。在当时普遍贫穷的情况下,她提出盖砖瓦屋,也根本不现实。

坯墙是用泥巴糊的。和泥巴时,里面掺了铡碎的麦草,以把泥巴扯捞起来,防止墙皮干后脱落。泥巴糊的墙皮刚干,宋家银就嫁过去了,住进了新房,成了杨成方的新娘。墙皮是没有脱落,但裂开了,裂成不规则的一块一块,有的边沿还翘巴着,如挂了一墙半湿半干的红薯片子。只不过红薯片子是白的,裂成片状的墙皮是黑的。结婚头三天,宋家银穿着衣服,并着腿,没让杨成方动她。她担心过早地露出破绽,刚结婚就闹得不快活。她装成黄花大闺女的样子,杨成方一动她,她就躲,就噘嘴。她对杨成方说,在她回门之前，两个人是不兴有那事的，这是老辈子传下来的规矩，要是坏了规矩，今后的日子就不得好。杨成方问她听谁说的，他怎么没听说过有这规矩。宋家银说："你没听说过的多着呢，你知道什么！"杨成方退了一步，提出把宋家银摸一摸，说摸一摸总可以吧。宋家银问他摸哪块儿。杨成方像是想了一下，说摸奶子。宋家银一下子背过身去，把自己的两个奶子抱住了，她说："那不行，你把我摸羞了呢！"杨成方说："摸羞怕什么，又不疼。"杨成方把五个指头撮起来，放在嘴前，喉咙里发出兽物般轻吼的声音。宋家银知道，杨成方所做的是胳肢人之前的预备动作，看来杨成方要胳肢她。她是很怕痒的，要是让杨成方胳肢到她，她会痒得一塌糊涂，头发会弄乱，衣服会弄开，裤腰带也很难保得住。她原以为杨成方老实得不透气，不料这小子在床上还是很灵的，还很会来事。她呼隆从床上坐起来了，对杨成方正色道："不许胳肢我，你要是敢胳肢我，我就跟你恼，骂你八辈儿祖宗。"见杨成方收了架势，她又说，"你顶多只能摸摸我的手。摸不摸？你不摸拉倒！"杨成方摸住了她的手，她仍是很不情愿的样子，说杨成方的手瘦得跟鸡爪子一样，上面都是小刺儿，拉人。她又躺下了，要杨成方也睡好，说："咱们好好说会儿话吧。"杨成方大概只想行动,对说话不感兴趣,他问:"说啥呢?"宋家银要他说说工厂里的事情,比如说干活累不累?一个月能拿多少钱?厂里有没有女工人等。杨成方一一作了回答,干活不怎么累;一个月挣二十一块钱;厂里没有女工,只有一个女人,是在伙房里做饭的。宋家银认为一个月能挣二十一块钱很不少。下面就接触到了实质性的问题,问杨成方以前挣的钱是不是都是交给他爹。杨成方说是的。"那今后呢?今后挣了钱交给谁?""你让我交给谁,我就交给谁。""我让交给谁?我不说,我让你自己说。说吧,应该交给谁?"杨成方吭哧了一会儿,才说:"交给你。"尽管杨成方回答得不够及时,不够痛快,可答案还算正确。为了给杨成方以鼓励,她把杨成方的头抱了一下,给了杨成方一个许诺,说等她到娘家回门后回来,一定好好地跟杨成方好。

宋家银回门去了三天,回来后还是并拢着双腿,不好好地放杨成方进去。她准备好了,准备着杨成方对她的身体提出质疑。床上铺的是一条名叫太平洋的新单子,单子的底色是浅粉,上面还有一些大红的花朵。就算她的身体见了红,跟单子上的红靠了色,红也不会很明显。她的身体不见红呢,有身子下面的红花托着,跟见了红也差不多。要是杨成方不细心观察,也许就蒙过去了。她是按杨成方细心观察准备的。不管如何，她会把过去的事瞒得结结实实，决不会承认破过身子。反正那个破过她身子的人已跑到天边的新疆去了，她就当那个人已经死了，过去的事就是死无对证。她是进攻的姿态，随时准备掌握主动。她不等杨成方跟她翻脸，要翻脸，她必须抢先翻在杨成方前头。杨成方要是稍稍对她提出一点疑问，稍稍露出一点跟她翻脸的苗头，她马上就会生气，骂杨成方不要脸，是往她身上泼屎盆子，诬蔑她的清白。她甚至还会哭，哭得伤心伤肺，比黄花儿还黄花儿，比处女还处女。这一闹，她估计杨成方该服软了，不敢再追究她的过去了。她还不能罢休，要装作收拾衣物，回娘家去，借此再要挟杨成方一下，要杨成方记住，在这个事情上，以后不许杨成方再说半个不字。

要说充分，宋家银准备得够充分了。然而她白准备了，她准备的每一个步骤都没派上用场。杨成方显然是没有经验，他慌里慌张，不把宋家银夹着的两腿分开，就在腿缝子上弄开了。宋家银吸着牙，好像有些受疼不过。结果，杨成方还没摸着门道，还没入门，就射飞了。完事后，杨成方没有爬起来，没有点灯，更没有在床单上检查是否见了红。宋家银想，也许杨成方不懂这个，这个傻蛋。停了一会儿，杨成方探探摸摸，又骑到宋家银身上去了。这一回，宋家银很有节制地开了一点门户,放杨成方进去了。她也很需要让杨成方进去。

第二天早上,宋家银自己把床单检查了一下,一朵花的花心那里脏了一大块,跟涂了一层浆糊差不多。她把脏单子撤下来了。娘家陪送给她的也有一床花单子,她把桐木箱子打开,把新单子拿出来,换上了。这样不行,晚上再睡,不能直接睡在新单子上,要在新单子上垫点别的东西才行。好好的单子,不能这样糟蹋。杨成方出去了,不知到哪里春风得意去了。外面的柳树正发芽,杏树正开花,有些湿意的春风吹在人脸上一荡一荡的。小孩子照例折下柳枝,拧下柳枝绿色的皮筒,做成柳笛吹起来。柳笛粗细不一,长短不一,吹出的声音也各不相同。燕子也飞回来了,它们一回来就是一对。一只燕子落在一棵椿树的枝头,翅膀一张一张的,大概是只母燕子。那只公燕子呢,在母燕子上方不即不离地飞着,还叫着。好比它们这时候是新婚燕尔,等它们在这里过了春天夏天到秋天,就过成一大家子了。宋家银心里有些庆幸。杨成方没发现什么,没计较什么,过去的那一章就算翻过去了。她把撤下来的被单再一洗,过去的一切更是一水为净,了无痕迹。

不过呢,可能因为宋家银把情况估计得比较严重,准备得也太充分了，什么事情都没发生，她觉得有些闪得慌。她把对手估计得过高，原来杨成方根本不是她的对手。看来杨成方的心是简单的心，这个男人太老实了。宋家银从反面得出自己的看法：杨成方对她不挑眼，表明杨成方对她并不是很重视，待她有些粗枝大叶。像杨成方这样的老实头子男人，能够娶上老婆，有个老婆陪他睡觉，使他的脏东西有地方出，然后再给他生两个孩子，他的一辈子就满足了，满足死了。他才不管什么新不新，旧不旧，也不讲什么感情不感情。吃细米白面是个饱，吃红薯谷糠也是个饱，他只要能吃饱，细粮粗粮对他都无所谓。宋家银认为自己怎么说也是细粮，把细粮嫁给一个不会细细品味的人，是不是有点瞎搭给杨成方了。渐渐地，宋家银心中有些不平。她问杨成方："你回来结婚，跟厂里请假了吗？"杨成方说："请了。""请了多长时间的假？""一个月。"宋家银说："结个婚用不了那么长时间，还是工作要紧。"杨成方没有说话。又过了一天，宋家银问杨成方，厂里怎样开工资，是不是每天都记工。杨成方说是的。"那，你请假回来，人家还给你记工吗？""不记了。""工资呢？扣工资吗？""扣。"宋家银一听说扣工资就有些着急，脸也红了，说："工人以工为主，请假扣工资，你在家里待这么长时间干什么！"杨成方说："别人结婚，都是请一个月的假。人一辈子就结这一次婚，在家里待一个月不算长。"杨成方不嫌时间长，宋家银嫌时间长，她说杨成方没出息，要是杨成方不去上班，她就回娘家去。说着，她站起来就去收拾她包衣物的小包袱。妥协的只能是杨成方，杨成方说好好好，我去上班还不行吗！

二

杨成方的处境不如燕子，燕子一结婚，就你亲我昵，日日夜夜相守在一起。杨成方结婚还不到半个月，就被老婆撵走了，撵到县城的工地去了。

宋家银这样做，是出于一种虚荣。娘家人都知道她嫁的是一个工人，她得赶紧作出证实，证实丈夫的确是个工人。有人问她你女婿呢，她说杨成方上班去了，杨成方的工作很忙。有人建议她也到县城看看，开开眼。这时她愿意把杨成方抬得很高，把自己压得很低，说杨成方没发话让她去，她也不敢去，她啥都不懂，到城里，到厂里，还不够让别人看笑话呢！嫂子跟她开玩笑，说成方把新娘子一个人丢在家里，这样急着往城里跑,别是城里有人拴着他的腿吧。宋家银说她不管,别的女人把杨成方的腿拴断她都不管,只要杨成方有本事,想搞几个搞几个。这样的对话,对宋家银的工人家属身份是一个宣传,让宋家银觉得很有面子。要是杨成方在她面前转来转去,她就会觉得没面子,或者说很丢面子。想想看,杨成方长得那样不足观,嘴又那么笨,简直就是一摊扶不起来、端不出去的泥巴。她呢,虽说不敢自比鲜花,跟鲜花也差不多。把她和杨成方放在一起,就是鲜花插在泥巴上,就是泥巴糊在鲜花上。因了这样的反差,她有些瞧不起杨成方,对杨成方有点烦。眼不见,心不烦。这也是她急着把杨成方撵走的原因之一。更重要的原因,她要让杨成方抓紧时间给她挣钱。工人和农民的区别是什么?农民挣工分,工人挣工钱。农民挣的工分,值不了三文二文,只能分点有限的口粮。工人挣的是现钱。现钱是国家印的,是带彩的,上面有花儿有穗儿,有门楼子,还有人。这样的钱到哪儿都能用,啥东西都能买。能买粮食能买菜,能买油条能买肉,还能买手表洋车缝纫机。宋家银一直渴望过有钱的日子。有一个捡钱的梦,她不知重复做过多少遍了。在梦里,她先是捡到一两个钱,后来钱越捡越多,把她欣喜得不得了。她把钱紧紧地攥在手里,一再对自己说，这一回可不是梦，这是真的。可醒来还是个梦，两只手里还是空的。她结婚，爹娘没有给她钱。按规矩，爹娘要在陪送给她的桐木箱子里放一些压箱子的钱，可爹娘没有放。他们不知从哪里找出四枚生了绿锈的旧铜钱，给她放进箱子的四个角里了。四个角里都放了钱，代表着满箱子都是钱，角角落落里都有钱。这不过是哄人的把戏，如给死人烧纸糊的摇钱树差不多。宋家银是一个大活人，她不是好哄的。她想把早就过了时带窟窿眼的铜钱掏出来扔掉，想想，临走时怕爹娘生气，就算了。做了新娘子的她，身上满打满算只有七毛五分钱，连一块钱都不到。她把这点钱卷成一卷儿，装进贴身的口袋里，暂时还舍不得花。杨成方临去上班，她以为杨成方会给她留点钱。杨成方没留，她也没开口要。毕竟是刚结婚，她还张不开要钱的口。

杨成方不在家，宋家银过的是一口人的日子。一口人好办，只要有口吃的，饿不死就行了。日子真的一天天过下来，宋家银才体会到，弄口吃的也不容易。她把家里的东西都清点过了。婆婆分给她一口铁锅，两只瓦碗，还有四根发黑的、比不齐的筷子。粮食方面，婆婆只分给她两筐红薯片子和一瓢黄豆。婆婆把红薯片子倒在地上，把筐拿走了。婆婆把黄豆倒在一片废报纸上，把瓢也拿走了。食用的香油，婆婆一滴都没分给她。点灯用的煤油，也就是灯瓶子里那小半瓶，眼看也快用完了。盐呢，婆婆也许只抓过去两把三把，现在一点都没有了。过日子不能老是淡味儿，得有点咸味儿。短时间淡着还可以，时间长了不见咸味儿就不算过日子，日子就没味儿，人就没有劲。宋家银以看望婆婆的名义，到婆婆家里去了，她打算先解决一下盐的问题。婆婆家在村子底部的老宅上，去婆婆家她需要走过一条村街。她是新娘子的面貌，水梳头，粉搽脸，头发又光又鲜，脸又大又白。她穿的衣服都是新的，天蓝的布衫镶着月白的边。她浑身都是新娘子那特有的香气。

  婆婆见宋家银登门，只高兴了一下，马上就警觉起来。婆婆欢迎人的时候，习惯用一个字的惊叹词，这个惊叹词叫"咦"。婆婆往往把"咦"拖得很长，似乎以拖腔的长度表示对来人的欢迎程度，"咦"得越长，对来人越欢迎。婆婆对宋家银"咦"得不算短，把宋家银亲切地称为他二嫂。宋家银不习惯这种夸张性的惊叹，她很快就把咦字后面的尾巴斩断了，把虚数去掉了。婆婆还不到五十岁，看去满脸褶子，已经很显老，像是一个老太婆。不过婆婆的眼睛一点也不呆滞，转得还很活泛。婆婆是有点烂眼角，眼角烂得红红的。这不但不影响婆婆眼睛的明亮程度,还给人一种火眼金睛的感觉。嫁到杨家来,宋家银这是第一次与婆婆正面接触,仅从婆婆眼角的余光看,她就预感到自己遇到对手了。像婆婆这种岁数的人,灾荒年不知经过了多少个,是手捋着刺条子过来的,一根柴禾棒从她手里过,她都能从柴禾棒里榨出油来,若想从婆婆这里弄走点东西,恐怕不那么容易。宋家银一上来没敢提要盐的话,有新媳妇的身份阻碍着,她还得绕一会儿弯子。婆婆家两间堂屋,两间灶屋。堂屋是北屋,灶屋是西屋。宋家银和婆婆在灶屋里说话,一边说话,一边就把婆婆放在灶台上的盐罐子看到了。盐罐子是黑陶的,看去潮乎乎的,仿佛早被咸盐淹透了。婆婆没有过多地跟她绕弯子,刚说了几句话就切入了正题。婆婆说她来得正好儿,婆婆正要去找她呢。为给他们盖那三间屋子,家里借人家不少钱,塌下不少窟窿,那些窟窿大张着眼,正等着他们家去捂呢!这还不算,老三虽说在部队当兵,也得说亲,也得盖屋子。这屋子家里无论如何是盖不起了,就是扒了她的皮,砸了她的骨头也盖不起了,你说愁死人不愁死人。婆婆让他二嫂跟成方说说,挣下的工资攒着点,先还盖屋子欠下的账。宋家银意识到,她和婆婆的较量已经开始了,谁输谁赢还要走着瞧。看来,她当初坚持把杨成方从他们家里拉出来,这一步真是走对了,否则,她一进杨家门就得背上沉重的债务，就会压得她半辈子喘不过气来。现在呢，她和杨成方拍拍屁股从家里出来了，反正她没借人家的钱，家里爱欠多少欠多少，谁借谁还，不关她的事。婆婆说让杨成方还钱，她也不生气。既然是较量，就得讲究点策略，就得笑着来。她对婆婆说："有啥话你跟成方说吧。你儿子那么孝顺，他还不是听你的，你让他向东，他不敢向西。"婆婆承认儿子孝顺是不假，好闺女不胜好女婿，好儿子不胜好媳妇呀。婆婆说这个话，乍一听是给儿媳妇戴高帽，再品却是把责任推给儿媳妇了，她以后从儿子手里剥不出钱来，定是儿媳妇从中作梗。宋家银赶紧把高帽子奉还给婆婆了，说："山高遮不住太阳，你儿子虽说结了婚，家还是你儿子当着。你可不知道，你儿子厉害着呢，你儿子一瞪眼，吓得我一哆嗦。这不，你儿子让我跟你要只鸡，说鸡下了蛋好换点火柴换点盐，我不敢不来。"婆婆一听就慌了，眼往院子里瞅着，说："那可不行，家里一共一只老母鸡，还是你嫂子买的。你要是把鸡抱走，你嫂子不杀杀吃了我才怪！"宋家银作出让步，说那就先不抱鸡了，让婆婆先借给她一点盐吧，她已经吃了两天淡饭了。和下蛋的母鸡比起来，盐当然是小头，婆婆没有拒绝借给她。婆婆站起来了，说："我给你抓。"宋家银抢在婆婆前头，说我自己来吧。她从裤口袋里掏出一个手绢，铺在灶台上，端起盐罐子就往下倒。盐罐里的盐也不多了，她把盐罐子的小口倾得几乎直上直下，才把盐粒子倒出来。婆婆跟过去，心疼得像盐杀的一样，要宋家银少倒点儿，少倒点儿，宋家银还是倒了一多半出来。宋家银说："娘，你不用心疼，等成方发了工资，买回盐来，我还你。借你一钱，还你二钱，行了吧！"婆婆不知不觉又使用了那个"咦"字惊叹词，她叹得又长又无可奈何，好像还带了一点颤音。这次肯定不是欢迎的意思了。宋家银有些窃喜，她抱母鸡是假，包盐是真。直说包盐，她不一定能包到盐。拿抱母鸡的话吓婆婆一家伙，把婆婆吓得愣怔着，包盐的事就成了。和婆婆的第一次较量，她觉得自己取得了一个小小的胜利。

杨成方上班去了三天，就回来了。宋家银回门去了三天，他去县城上班也是三天，时间是对等的，好像他也回了一次门。他是带着馋样子回来的。如同吃某样东西，他尝到了甜头，吃馋了嘴，回来要把那样东西重新尝一尝，解解馋。又如同，他知道了那样东西味道好，好得不得了，可让他凭空想，不再次实践，怎么也想不全那样好东西的好味道。他不光嘴馋，好像眼也馋，鼻子也馋，全身都馋。亏得杨成方不是一条狗，没长尾巴，要是他长着尾巴的话，见着宋家银，他的尾巴不知会摇成什么样呢。杨成方是天黑之后才到家的,大概他计算好了,进家就可以和老婆上床睡觉。

在杨成方没进家之前,宋家银已顶上了门,准备睡觉。晚上她没有生火做饭,能省一顿是一顿。她也没有点灯,屋里黑灯瞎火。杨成方上班走后,她一次都没点过灯。原来灯瓶子里面的煤油是多少,这会儿还是多少。照这样下去,半年三个月,瓶子里的煤油也用不完。她不是不需要光明,她借用的是自然之光。天刚蒙蒙亮,她就起床了,该干什么干什么。天黑下来了,看不见干活了,她就上床睡觉。她是典型的日出而作,日落而息。她认为睡觉不用点灯,不点灯也睡不到床底下。做那事更不用点灯,老地方,好摸,一摸就摸准了。听见有人敲门,宋家银没想到杨成方会这么快回来,心里小小地吃了一惊。她闪上来的念头是,可能有人在打她的主意,看她是个新崭崭的新娘子,趁杨成方不在家,就来想她的好事。她迅速在脑子里过了一遍,嫁到这个村时间不长,认识的男人还不多,哪个男人这样大胆呢!她把胆子壮了壮,问是谁。杨成方说:"我。"宋家银听出了是谁,却继续问:"你是谁?我不认识你!我男人没在家,有啥事你明天白天再来吧!"杨成方报上他的名字,宋家银才把门打开了。宋家银说:"我还以为是哪个不要脸的肉头呢,原来是你个肉头呀,你怎么这么快就回来了,吓死我吧!"肉头的说法,让杨成方感到一种狎昵式的亲切,他满脸都笑了。他同时觉得,老婆一个人在家,把门户看得很紧,对他是忠诚的。回预制厂后,那些工友知道他结婚不到一个月就回厂上班,一再跟他开玩笑,说结婚头一个月,天天都要在老婆身上打记号,记号打够一个月,才算打牢了。打不够一个月,中途就退出来,是危险的,说不定就被别人打上记号了。从老婆今天的表现情况来看,别人给她打记号的可能性不大。杨成方倘是一个会养老婆的人,会讨老婆欢心的人,这时他应当表扬一下宋家银,跟宋家银开开玩笑,说一些亲热的话,并顺势把宋家银抱住,放倒到床上去。可惜杨成方不会这些。宋家银问他怎么回来这么快,他甚至没有说出是因为想宋家银了,他说出来的是:"我回来看看。"他又补充了一句,他是下班后才回来的。他的回答不能让宋家银满意,宋家银说:"有啥可看的,不看就不是你老婆了,你老婆就跟人家跑了。我还不知道你,就想着干那事,恨不得一口吃成个胖子。我看你只会越吃越瘦,柴得跟狗一样。"杨成方嘿嘿笑着,说宋家银说他是啥,他就是啥,他不跟宋家银抬杠。杨成方对宋家银还是有奉献的，他从随身带的一个提兜里掏出一块馒头大的东西，递给宋家银，让宋家银吃。宋家银以为是一只白馒头，打开纸包一闻，是肉味。杨成方说，县城有一条回民街，那里的咸牛肉特别好吃，特别有名，腌得特别透，里外都是红的。他特地买了一块儿，给宋家银尝尝。宋家银顿时满口生津。男人这还差不多，嘴头子虽说上不去，心里还知道想着她。老实男人并不是一无是处。但宋家银的嘴还是不饶人，说："谁让你花钱买肉的，这样贵的东西能是咱们吃得起的吗！"她很想吃，也忍着口水不吃，摸黑打开自己的箱子，把牛肉重新包好，锁进箱子里去了。

二人上床做完好事，宋家银马上就跟杨成方玩心眼子。她觉得玩心眼子也很有趣，比做那种事还有意思一些。那种事直通通的，是个人就会做。心眼子五花六调，七弯八拐，不是每个人都能玩的。她对杨成方说："千万别让咱娘知道你回来，千万别让那老婆子看见你。要账的把你们家的地坐成井，那老婆子急得上下跳，正等着跟你要钱呢！"杨成方一听就当真了，问那怎么办？是不是他明天藏在屋里不出去。"你明天不去上班了？"宋家银在心里给杨成方画好了圈，想让他明天一早天不亮就往县城赶，就去上班，去挣钱。她不明说。杨成方给她买了那么一块磁登登的咸牛肉，她不能马上就把人家撵走。她只启发杨成方，让杨成方自己说。杨成方果然走进宋家银为他设定的圈子里去了，他说："要不然，我明天趁天不亮就走吧。"宋家银说："这是你自己说的，我可没撵你走。谁不知道你工作积极。"

三

宋家银把杨成方买的咸牛肉尝了一点点，确实很好吃。她那么利的牙，那么好的胃口，若任着她的意儿，她一会儿就把馒头大的咸牛肉吃完了。不过她才舍不得吃呢。她有一个观点，不知什么时候养成的。她认为吃东西不当什么事，再好的东西，也就是从嘴里过一下，再从肠子里过一下，就过去了。有买吃的东西的钱，不如买点穿的，买点用的。买点穿的穿上身，别人都看得见。买点灶具、农具什么的，也能用得长久一些。她还主张，要是得了好吃的东西，自己吃了不如给别人吃，自己吃了什么都落不下，给别人吃了，别人还会说你个好，记你个情。

她把香气四溢的咸牛肉锁进箱子里，被老鼠闻见了，半夜里，老鼠把她的箱子啃得咯嘣咯嘣的。听声音，围在箱子那里的不是一只老鼠，而是许多只老鼠，还没吃到肉，它们已互相打起来了，打得吱吱乱叫。老鼠不是人，她不会让老鼠吃到肉。老鼠那贼东西，你把肉让它们吃完，它们也不会说你一个好。还有她的箱子，箱子是桐木做的，经不住老鼠持久地啃。她决不允许老鼠把她唯一的一口箱子啃坏。老鼠啃响第一声，她就觉得跟啃她的心头肉一样。她翻身坐起，大声叱责老鼠，骂了老鼠许多刻薄的难听话。她的箱子放在脚头，本来没有头冲着箱子睡。为了保护箱子和牛肉，她把枕头搬到箱子那头去了。她不敢再睡沉，稍有动静，她就用手拍箱盖子，吓唬老鼠。她和老鼠斗争了一夜，一夜都没睡踏实。既然这样，她把牛肉吃掉算了吧，不，她带上牛肉，到娘家走亲戚去了。

到了娘家，她对娘说，这是杨成方专门给她爹她娘买的牛肉，是孝敬二老的。这牛肉好吃得很，也贵得很。中午做面条，娘切了几片牛肉放进汤面条的锅里，果然满锅的面条都是肉香味。爹娘吃了宋家银送上的牛肉，宋家银瞄准的交换对象是娘家的鸡。娘家喂有两只母鸡，她打算要走一只。跟婆婆要鸡要不来，她只好跟娘家要。下午临走时，她把要鸡的事提出来了。她没说要鸡是为了让鸡给她下蛋，只说杨成方上班去了，家里连个别的活物都没有，转来转去只有她一个人,怪空得慌。娘说:"你这闺女,都出门子了,还回来刮磨你娘。你女婿挣着工资,你不会让他给你买两只鸡吗!"宋家银说:"买的鸡跟我不熟,咱家的老母鸡跟我熟,我喜欢咱家的鸡。"说着,她已经把一只老母鸡捉住,抱在怀里了。她把老母鸡的脸往自己脸上贴了贴,仿佛在说:"你看,这只鸡跟我不错吧。"

宋家银每次去娘家,返回时都不空手,大到拿一把锄头,小到要一根针头。有时实在没什么可拿了,看到灶屋里有葱,她也会顺便拿上几棵。她拿什么都有理由。比如拿锄头,她说这把锄她用惯了,用着顺手。比如拿针头,她走娘家还拿着针线活儿,一边跟娘说话,一边纳鞋底子。针鼻子叉了,她要娘给她找一根大针换上,接着纳。宋家银怎么办呢?她和杨成方只有三间空壳屋子,她要一点一点把空壳充填起来,填得五脏俱全,像个居家过日子的样子。宋家银小时候就听人说过,一个闺女半个贼。这个意思是说,当闺女的出嫁后,没有不从娘家刮磨东西的,养闺女没有不赔钱的。既然当闺女的贼名早就坐定了,她不当贼也是白不当。也许爹娘也愿意让她当当贼,仿佛当贼也是当出门子闺女的道理之一。渐渐地,宋家银屋里的东西就多起来了。有了鸡,就有了蛋。有了蛋,离再有小鸡就不远了。

她不把自己混同于普通农民家庭中的农妇，她给自己的定位是工人家属。在家庭建设上，她定的是工人家属的标准，一切在悄悄地向工人家属看齐。她调查过了，这个村除了她家是工人家庭，另外还有一家有人在外面当工人。那家的工人是煤矿工人，当工人当得也比较早，是老牌子的工人。因此，那家积累的东西多一些，家底厚实一些。那家的家庭成分是地主，儿子当工人是在大西南四川的山窝里。据说当时动员村里青年人当工人时是一九五八年，那时村里人嚷嚷着共产主义已经实现了，都想在家里过共产主义生活，不想跑得离家那么远。于是，村里就把一个当工人的指标，惩罚性地指定给一个地主家的儿子了。不想那小子捡了个便宜，自己吃得饱穿得暖不说，还时常给家里寄钱。每年一度的探亲假，那小子提着大号的帆布提包回家探亲，更是让全村的人眼气得不行。村里的男人都去他家吸洋烟，小孩儿都去他家吃糖块儿。他回家一趟，村里人简直跟过节一样。那小子呢，身穿蓝色的工装，手脖子上带着明晃晃的手表，对谁都表示欢迎，一副工人阶级即领导阶级的模样。因为他有了钱，村里人似乎把阶级斗争的观念淡薄了，忘记了他家的家庭成分。也是因为有了钱，他找对象并不难。他娶的是贫农家的闺女，名字叫高兰英。宋家银见过高兰英了,高兰英长得不赖,鼻子高,奶子高,个头儿也不低。高兰英虽说是给地主家的儿子当老婆,因物质条件在那儿明摆着,村里的妇女都不敢小瞧她。相反,她们不知不觉就把高兰英多瞧一眼,高瞧一眼。高兰英一年四季都往脸上搽雪花膏。村里的大闺女小媳妇都搽不起,只有高兰英搽得起。就是那种玉白的小瓶子,里面盛着雪白的香膏子。高兰英洗过脸,用小拇指把香膏子挖出一点,在手心里化匀,先在额上和两个脸蛋子上轻轻沾沾,然后用两个手掌在脸上搓,她一搓,脸就红了,就白了。有的女人说,别看高兰英的脸搽得那么白,她男人在煤窑底下挖煤,脸成天价不知黑成什么样呢!高兰英脸白,还不是她男人用黑脸给她换的。这话宋家银爱听,愿意有人给高兰英脸上抹点黑。不过,这不影响宋家银也买了一瓶雪花膏,也把脸往白了整,往香了整。她挖雪花膏时,也是用小拇指,把小拇指单独伸出来,弯成很艺术的样子,往瓶子里那么浅浅地一挖。她不主张往脸上涂那么多雪花膏,挖雪花膏挖得比较少,有点"雪花"就行了,稍微香香的,有那个意思就行了。

  她暗暗地向高兰英学习,却又在高兰英面前傲傲的,生怕高兰英不认同她,看不起她。她心里清楚,高兰英的男人是国家正式工人,是长期工。杨成方不过是个临时工。所谓临时工，就是不长远，今天是工人，明天就不一定是工人。从收入上看，听说高兰英的男人一月能开八十多块钱工资。而杨成方上满班，才开二十一块钱。两个人的工作和收入不可同日而语。宋家银不愿和高兰英多接触，多说话，是担心懂行的高兰英指出杨成方临时工的工作性质。还好，据宋家银观察，高兰英没有流露出一点看不起她的迹象。有一天，宋家银和高兰英走碰面，是高兰英先跟宋家银说话。高兰英还没说上几句话，就开始叹气。高兰英说："人家只看咱们有几个钱儿，不知道咱们当工人家属的苦处，干重活儿没个帮手不说，晚上连个说话的人都没有。"高兰英的说法，让宋家银顿时有些感动，她说谁说不是呢，一连附和了高兰英好几句，好像她们一下子就成了知己，成了同一个战壕里的亲密战友。这样，两位工人家属的联系就建立起来了。下雨天气，高兰英去宋家银家串门子，宋家银也到高兰英家进行回访。宋家银每次到高兰英家都很留心，看看高兰英家有什么特别的东西，高兰英家有的，她争取也要有。比如说她注意到高兰英穿了一双花尼龙袜子。这种袜子不像当地用棉线织的线袜子，线袜子穿不了几天底子就破了，还得另外缝上一个硬袜底子。尼龙袜子不仅有花有叶，有红有绿，式样好看，还结实得很，穿到底，底子不待破的。那么，宋家银对杨成方作出指示，让杨成方给她在县城的百货大楼也买一双尼龙袜子。

宋家银对杨成方的限制越来越多，小绳子越勒越紧。杨成方回家的次数，由一星期一次延长到十天一次。宋家银怀孕后，一个月她只许杨成方回家一次。这个回家的日期不能再延长了，因为杨成方一月发一次工资。宋家银要求，杨成方一发了工资，必须立即回家。杨成方回家的日期，换一个说法也可以，就是杨成方什么时候发工资，就什么时候回家。这样，杨成方回家的内容就发生了变化，宋家银让他回家，主要不是为夫妻相聚，不是为了亲热，首先是让杨成方向她交钱。杨成方回家交钱时，只能走直线，不许拐弯，走直线，是一直走回家里去。不许拐弯，是不许拐到杨成方的爹娘那里去。杨成方一进家，她所做的第一件事就是让杨成方解裤带。解裤带不是那个意思，而是她在杨成方的裤衩内侧缝了一个小口袋，杨成方往家里拿工资时，都是装进那个小口袋里。杨成方自己不解裤带，他给宋家银拿回了钱，是有功的人。有功的人都会拿拿糖。他抬起两只胳膊，让宋家银给他解。在这个往外掏钱的问题上，宋家银不跟杨成方较劲，愿意俯就一下。宋家银蹲下身子，动手解杨成方的裤带时，杨成方故意把肚子使劲鼓着，鼓得跟气蛤蟆一样，使裤带绷得很紧，不让宋家银把他的裤带顺利解下来。宋家银知道杨成方的想头，她也有办法，遂在杨成方的裤裆前面捞摸了一把。她一捞摸，杨成方喜得把腰一弯，肚子马上吸了下去，宋家银就把杨成方的裤带解开了。宋家银把钱掏出来数了数，就把钱收起来了。她问杨成方，别的地方放的还有没有钱。杨成方让她摸。她当真在杨成方身上摸，上上下下，口口袋袋，里里外外都摸遍。她一般在杨成方身上别的地方摸不到钱。只有个别时候，能摸到一两个小钱儿，也就是钢镚子。摸到钢镚子，她也收走。杨成方上班走时，她再给杨成方发伙食费。杨成方的伙食费一个月是七块钱，这是杨成方自己定的。杨成方说，他只吃厂里食堂的馒头和稀饭，不吃食堂的炒菜和熬菜，有时顶多吃点咸菜。再吃不饱，他就到街上买点便宜红薯，趁食堂的火蒸着吃。宋家银认为杨成方做得很对，知道顾家。酒，杨成方一滴不沾。更难能可贵的是，杨成方还不吸烟，他从来都不吸烟，一颗烟都不吸。回到家来，他口袋里要装一盒烟，那是工人的做派，烟是给别人预备的。见了叔叔大爷，自己不吸烟的杨成方往往忘了掏烟，宋家银就得赶紧提醒他，说，烟，烟。杨成方这才赶紧把烟掏出来了。烟关系到宋家银的面子，她不能失了这个面子。

后来，杨成方每月的伙食费减少到五块。宋家银找到了别的省钱的办法。杨成方每次回家，她都给杨成方蒸一两锅黑红薯片子面馒头，让杨成方背到厂里去吃。她说，白面馒头太暄乎，不挡饿。红薯片子面馒头瓷实，咬一小口，能嚼出一大口。另外，她还给杨成方腌渍了咸菜，用瓶子装好，让杨成方带到厂里去吃。这样，杨成方连厂里一两分钱一份的咸菜也不用花钱买了。杨成方对宋家银的想法配合得很好，宋家银说什么，他愿意顺着宋家银的思路走。宋家银说白面馒头不挡饿，他想想，真的，咬下一大口白面馒头，一嚼就小成一点点了。或许杨成方天生就是一个节俭的人，宋家银让他带到厂里的黑红薯片子面馒头，放得上面都长白毛了，他吃。硬得裂开了，他还吃。他连厂里食堂的稀饭也很少喝了，馏馒头的大锅里有发黄的锅底水，他舀来一碗，就喝下去了。就这样，一个月仅仅五块钱的伙食费，他还能省下一块。

四

宋家银在家庭建设上坚持高标准，暗暗地向高兰英家看齐，但并不是亦步亦趋，一味模仿。在某些方面，她要超过高兰英家，高兰英家没有的，她先要拥有。一年多后，她人托人，买回一辆自行车。高兰英家有缝纫机，没有自行车。她没有先买缝纫机，而是买了自行车。缝纫机没有能打气的轱辘，只能在家里用，不能推到外面去，别人看不见。自行车的两个轱辘当腿，就是在外面跑的，她把自行车一买回来，在村口一推，全村的人立马就知道了。自行车是男式二八，还是加重型的。宋家银把自行车推回家时，车杠上的包装纸还没撕掉。她不让撕，以证明她的自行车是崭新的，是原装货。其实新自行车的漂亮是包不住的，因为自行车毕竟是大城市出产的，毕竟是从城里来的，好比从城里来的一个女人，不管她穿着什么，戴着什么，都遮不住她那通体的光彩。在宋家银拥有这辆自行车之前，这个村的历史上，从没有哪一家拥有过自行车。别说新自行车了，连旧自行车都没有。可以说宋家银的购车行动是开创性的，她的自行车填补了这个村历史上的一项空白。村里的一些人免不了到宋家银家去看新鲜。人们对铿明瓦亮的自行车发出啧啧赞叹，这正是宋家银所需要的，或者说她预想的就是这种效果。不过她不喜欢别人动手摸她的自行车。有人打打前面的铃，有人摸摸后面的灯。人一摸到自行车，她就觉得像摸自己的皮一样，心疼得直起鸡皮疙瘩。她实在忍不住了，宣布说："兴瞧不兴摸哈，新自行车跟新媳妇一样，摸多了它光害羞。"

打扮起自行车来，宋家银要比打扮一个新嫁娘精心得多。她的想象力有限，但为把自行车打扮得花枝招展，她把所有的想象力都发挥出来了。她把自行车的横杠和斜杠上都包上了红色的平绒，等于给自行车穿上了红绒衣。她把车把上密密地缠上了绿线绳，等于给自行车扎上了绿头绳。她给自行车做了一个座套，座套周围垂着金黄的流苏。流苏像嫩花的花蕊一样，是自来颤，在自行车不动的情况，流苏也乱颤一气。把自行车打扮成这样，够可以了吧？没有什么打扮的余地了吧？不不不，更重要更华丽的打扮还在后头呢。在自行车的横杠和下面两个斜杠之间，不是有一块三角形的余地嘛，宋家银把最精彩的文章做在了那里。她跑遍了全村各家各户，从每家讨来一小块不同颜色的花布，把花布剪成同样大小的三角形，拼接在一起，做成一整块布。然后可着那块三角形的余地，用花布做成一个扁平的袋子，用带子固定在自行车中间。远远看去，自行车上像是镶嵌着一幅画，画面五彩斑斓，很有点现代画的味道。又像是一个小孩子，肚子上戴了一个花兜肚。这个小孩子当是一个娇孩子，娇孩子才穿百家衣。整体来看，总的来说，宋家银以她的审美眼光，把自行车村俗化了。如果说自行车刚进家门时，还像一个城里女子的话，经宋家银如此这般一包装，就成了一个花红柳绿的村妞。

自行车弄成这样，是给人骑的吗？是呀，是给人骑的，宋家银一个人骑。她去走娘家，或者去赶集，才骑上自行车，像骑凤凰一样，小心翼翼地骑走了。她在村里放出话，她的自行车谁都不借，亲娘老子也不借，谁都别张借车的口，张了口也是白张。杨成方的四弟，也就是宋家银的小叔子，叫着宋家银二嫂，要借二嫂的自行车骑一骑。宋家银说："不是我不让你骑车，把你的腿骨摔断了怎么办！"小叔子说摔不断。"你说摔不断，等摔断就晚了。到时候，是我赔你的腿？还是你赔我的车？"小叔子不知趣，还说："我的腿摔断不让你赔，行了吧！"宋家银说不行，她问小叔子一共有几条腿。这样简单的算术当然难不住初中毕业的小叔子，他说他一共两条腿。宋家银说他两条腿少点，等他长出四条腿来，再借给他车不迟。小叔子想了想，说："哼，骂人。你不借给自行车拉倒，干吗骂人？"宋家银说："小××孩儿，我就是骂你了，你怎么着吧！"小叔子领教了二嫂的厉害，把两条腿中的一条腿朝空气踢了一下，走了。

别说小叔子，宋家银用杨成方的工资买下的自行车，她连杨成方都不让骑。杨成方去县城上班，本可以骑着自行车来回，本可以省下来回坐车的钱，可宋家银不放心，她怕杨成方把自行车放到厂里被人偷走。万一自行车被人偷走了，她不知会心疼成什么样呢。再者，让杨成方把自行车骑走，她就看不见自行车了，村里人也看不见自行车了，她拿什么炫耀呢。在不下雨、不下雪、太阳也不毒的情况下，她愿意把自行车从屋里推出来，在门口晾一晾，如同晾粮食和过冬的衣物一样。自行车是钢铁做成的，不会发霉，不会长虫，不会长芽子，没必要经常晾。她的晾一晾，其意是亮一亮。这才是她的乐趣所在。

宋家银建议杨成方买一块手表。杨成方不同意。对给自己买东西，杨成方敢于拒绝，而且拒绝起来很坚决，他拧着脑袋，说他不要。杨成方在宋家银面前顺从惯了，他这么一打别，宋家银不大适应，她说："你敢说不要！哪有当工人不戴手表的！"杨成方不敢否认他是工人，却坚持说，他看戴不戴手表都一样。宋家银说："当然不一样。啥人啥打扮，你戴着手表，走到街上把袖子一捋，人家就认出你是个工人。你啥都不戴，人家看你啥都不是。你是个工（公）人，人家还当你是个母人呢！"杨成方的口气不那么硬了，说:"手表那么贵,有买一块手表的钱,能买不少粮食呢!"宋家银骂他是猪脑筋,就知道粮食粮食,粮食会发光吗,会走吗,能戴在手脖子上吗!人活一张脸,树活一张皮,别给你脸你不要脸!她还说:"嫌贵,咱不会买便宜一点的呀!"她打听过了,有一种手表,几十块钱一块。杨成方也听说过那种手表,说那种牌子的手表走得不准。宋家银说:"你管它准不准呢,只要是手表就行。"

应该说宋家银的志向和做法和城里人是有些吻合。当时,城里人的家庭建设正流行"三转一响"。所谓"三转",指的是自行车、手表、缝纫机。"一响"呢,是收音机。"三转"当中,宋家银已经有了"两转"。要不是形势发生了变化,宋家银也会有"三转一响",并通过转和响,保持住她的工人家属地位。形势刚变化时,宋家银没觉得对她有什么不利。别人家分到土地高兴,她也很高兴。她家承包的是三个人的土地,她一份,儿子一份,杨成方也有一份。土地历来都是好东西啊,多一份土地,就多打一份粮食。因杨成方的户口还在家里,在承包土地的问题上,宋家银承认了杨成方是个临时工。有人提出过疑问,杨成方在县里当工人,分土地还有他的份儿吗?宋家银站出来了,她说:"我×他姐,他的户口都没迁走,算个啥

××工人。他一月挣那几个钱儿,还不够猫叼的呢!"她们家三亩多地,分在五下里。宋家银带着儿子,肚子里又怀了孩子。杨成方怕宋家银顾不过来,怕累坏宋家银,提出那个临时工他不干了,回家帮宋家银种地。宋家银是觉得需要一个帮手,但她不同意杨成方辞工,不愿失去工人家属的名分。杨成方的工钱也涨了,由一个月二十多块,一下子长到四十多块。宋家银说:"我不怕累,累死我活该,我也不让你回来。现在种庄稼都靠化肥催,你不挣钱,咱拿啥买化肥!"

在生产队那会儿,土地好像在耍赖,老也不好好打粮食。把土地一分到各家各户,土地仿佛一下子被人揪住了耳朵,它再也没法耍懒了。又好像土地攒足了劲,一分到个人手里,见那些个人真心待它好,真心伺候它,产粮食产得呼呼的。只两三年工夫,各家的粮食都是大囤满,小囤流,再也不愁吃的了。他们不再吃黑红薯片子面馒头了,红薯也很少吃了,顿顿都是吃白面馒头白面条。他们把暄腾腾的白面馒头说成是一捏两头放屁。他们把碗里的白面条一挑大高,比比谁家的面条更长。有人在碗里吃出一个荷包蛋来,却装作出乎意料似的说:"咦,这鸡啥时候又屙我碗里了!"别看宋家银一个人在家种地,她家打的粮食也不少,光小麦都吃不完。杨成方去上班,她不让杨成方带馒头了,也不给杨成方准备咸菜了,她对杨成方说:"白面馒头你随便吃,该吃点肉就吃点肉。"

忽一日,杨成方背着铺盖卷回家来了。宋家银一把把他拉进屋里,关上门,问他怎么回事,是不是人家把他开除了。杨成方说不是,是预制厂黄了。宋家银不信,好好的厂子,怎么说黄就黄了呢!杨成方说,用户嫌他们厂打的预制板质量不好,价钱又贵,就不买他们的产品了。成堆的预制板卖不出去,没钱买原材料,工人的工资也发不出来,厂长只好宣布厂子散伙。出现这种情况,是宋家银没有想到的。她有些泄气,还突然感到很累。男人不在家的日子里,她家里地里,风里雨里,一天忙到晚,也没觉得像今天这样累。她想,这难道就是她的命吗?她命里就不该给工人当老婆吗?人家给她介绍第一个对象,因其父亲在新疆当工人,都说那个对象将来也会去新疆当工人。那个对象人很聪明,也会来事。跟她见过一次面后,就敢于趁赶集的时候,在后面跟踪她,送给她手绢。晚间到镇上看电影,那人也能从人堆里找到她,把她约到黑暗的地方,拉她的手,亲她的嘴。她问过那人,将来能不能当工人。那人说,肯定能。"你当了工人,还能对我好吗?""这要看你对我好不好。""我?怎么对你好,我不知道。""你知道。""我真的不知道。"她说的是不知道，心里隐隐约约是知道的，因为那个人搂住她的时候，下面对她有了暗示。为了让他们的关系确定下来，为了让那个人当了工人后还能对她好，她就把自己的身子给了那个人。那个人果然去了新疆，果然当上了工人。那家伙一当上工人，似乎就把她忘了。她千方百计找到那家伙的地址，给那家伙写了一封信，要那家伙兑现他的承诺。那不要良心的东西回信要她等着，说要是能等他十年，就等，若等不了十年，就自便吧。这显然是一个推托之辞，明明是狗东西不要她了，还说让她自便，还把责任推给她。有理跟谁讲去，有苦向谁诉去，她只能吃一个哑巴亏。因为当工人的蹬了她，她才决心再找一个工人，才决定嫁给其貌不扬的杨成方。她不担心杨成方会蹬了她，杨成方没那么多花骨点子，也没那个本事。要说蹬，只能翻过来，她蹬杨成方还差不多。她以为，只要她不起外心，当工人家属是稳的了。临时工也是工。是工就不是农。是工强似农。谁知道呢，杨成方背着铺盖卷儿回来了。他这一回来，就不再是工人了，又变回农民了。这个现实，宋家银不大容易接受，她心里一时还转不过弯儿来。她教给杨成方，不许杨成方说预制厂已经黄了。要是有人问起来，就说是回来休假，休完了假再去上班。她问杨成方记住她的话没有。杨成方疑惑地看看她,没有回答。宋家银拧起眉头,样子有些着恼,说:"你看我干什么,说话呀,你哑巴了?"杨成方说:"我不会说瞎话。"宋家银骂他放狗屁,说:"这是瞎话吗!要不是看你是个工人,我还不嫁给你呢。你当工人,就得给我当到底,别回来恶心我。我给你生了儿子,还生了闺女,对得起你了,你还想怎么着!还说你不会说瞎话,不会说瞎话有什么值得骄傲的,只能说明你憨,你笨,笨得不透气。人来到世上,哪有不说瞎话的,不会说瞎话,就别在世上混!"杨成方被宋家银吵得像浇了倾盆大雨,他塌下眼皮,几乎捂了耳朵,连说:"好好好,别吵了好不好,你说啥就是啥,我听你的还不行吗!"

五

杨成方家的老三,在部队当兵的那一个,当兵当到年头没有复员。所谓复员,就是重新恢复人民公社社员的身份。其时,人民公社不存在了,社员的叫法也无从依附,复员不叫复员了,改成退伍。老三退伍倒是退了,但他没有退回到农村去,没有再当农民。

他随着那一批退伍兵，被国家有关部门安排到一处新开发的油田当石油工人去了。老三运气好，他一当就是国家的正式工，长期工，固定工。在高兰英的男人当煤矿工人之后，老三是这个村里第二个正儿八经的工人。老三当兵时，说媒并不好说。好像姑娘们都把当兵的看透了，看到家了，当兵的不过多吃几年军粮，多穿几身黄衣服，到时候还得回到黄土地上，还得从土里刨食。老三这一回不一样了，他从解放军大学校里出来，又走进工人阶级队伍里去了。他去的不是一般的工人阶级队伍，而是有名的石油工人队伍。有两句歌唱得好，石油工人一声吼，地球也要抖三抖。这么说老三也抖起来了。于是给老三说媒的就多了，都想揩点石油工人的油儿。老三挑来挑去，挑到了一个副乡长的闺女，还是一个初中毕业生。老三没有在家里举行婚礼，说是旅行结婚，二人肩并着肩，一块到老三所在的油田去了。

这对宋家银是一个刺激，也是一个不小的打击。她觉得头有些晕，躺到床上睡觉去了。老三也不见得比杨成方强多少，他凭什么就当上正式工人了呢！还有老三的老婆房明燕，她没费一枪一刀，就跑到正式工人的身子底下去了，就得到了工人家属的位置。和房明燕相比，她哪点也不比房明燕差。她身量比房明燕高，眼睛比房明燕大。要说打架，她一个能打房明燕仨。可她的命怎么就不如人家呢！宋家银差不多想哭了。杨成方站在床前，问她哪儿不舒服，是不是生病了，要不要到医院看一看。宋家银正找不到地方撒气，就把气撒在杨成方身上了，她说："滚，你给我滚远点，滚得越远越好！看见你我就来气！"杨成方没有马上就滚，他说："咋着啦，我又没得罪你，我这是关心你。"宋家银说："你就是得罪我了，你们家的人都得罪我了，我不稀罕你的关心。你滚不滚，你不滚，我一头撞死在你跟前！"杨成方只得滚了。

杨成方不敢滚远，在门口一侧靠墙蹲下来。按照宋家银教给他的话，他见人就跟人家解释，他是回来休假，等休完了假，他还要回去上班。解释头两次，人家表示相信，说当工人的都有假日。解释的次数多了，人家似乎就有些怀疑，说他这次休假休得时间不短哪，该去上班了吧。杨成方说该去了，快该去了。这样的解释，对杨成方来说相当费劲，简直有些痛苦。每解释一次，他肚子里就像结下一个疙瘩。他觉得肚子里的疙瘩已经不少了。为避免重复解释，避免肚子里再结疙瘩，他天天躲在家里，很少再到外面去。人躲起来，一般是为了躲债，或是做下了什么丑事，没脸出去见人。杨成方，他一没欠人家什么债，二没有做下什么见不得人的事，他干吗也要躲起来呢？看来人躲起来的理由不是一个两个。宋家银问过杨成方，现在盖楼的人用的是哪儿的楼板。杨成方说不大清，他说听说是郑州出的。宋家银建议杨成方到郑州的预制厂里去，看看那里的厂子愿不愿要他。这个建议把杨成方难住了，他连想都不敢想。当年，他到县里预制厂当临时工，完全是父亲人托人给他跑下来的。父亲给厂长送小磨香油，送芝麻，还拉着架子车，冒着风雪给人家送红薯，厂长才答应让他进厂当临时工。他相了一次亲又一次亲，人家女方跟他一见面，一说话，就通过媒人把他回绝了。眼看他要拉寡汉，父亲急了，为了给他捐一个工人的名义，父亲才钻窟窿打洞千方百计把他弄到预制厂里去了。他到了预制厂马上见效，就把宋家银这个不错的老婆找到了。仿佛宋家银也是个预制件，也是为他预制的，在他没进预制厂之前，宋家银在那里放着，他一当上工人，宋家银就属于他了。他愿意在家里守着宋家银，一结婚他就不想在预制厂干了。可宋家银不干，他要不在预制厂干，恐怕连老婆都留不住。预制厂如今散摊了，杨成方心里是乐意的，他总算有理由回家守着老婆和孩子了。这不怨他，是怨厂里。不料宋家银还是要往外撵他。这事不能再找父亲了。找父亲，父亲也帮不上忙。

他对宋家银说，郑州那地方，他一个人都不认识，预制厂怎么会要他。宋家银问他："原来你认识我吗？不是也不认识嘛！现在我怎么就成你老婆了呢！天底下你不认识的人多着呢，一面生，两面熟，你多找人家几回不就认识了。"

杨成方还没有走，他的四弟却走了。四弟跟邻村的一个建筑包工队搭帮，到山东济南给人家盖房子去了。四弟临走前，把消息瞒得死死的，宋家银一点都没听说。还是别人问宋家银，说听说老四到城里给人家打工去了，她知道不知道。宋家银却说知道。她回家把消息说给杨成方，问杨成方知道不知道。杨成方说不知道。宋家银顿时就生气了。她认为这是公公和婆婆外着他们两口子，有啥好事故意瞒着他两口子。不然的话，连别人都知道老四外出做工去了，他们怎么连个屁都没闻见呢！她对杨成方说："你是个死人哪？你还是他们家的儿子吗？你去问问你爹，问问那老婆子，老四外出做工，为啥不跟咱说一声，是不是怕咱沾了他的光？"杨成方不想去。宋家银立逼着他去。杨成方的小名叫方，宋家银叫了他的小名，还在小名前面加了一个黑字，把他叫成黑方。在他们那里，老婆一叫男人的小名，就等于揭老底，等于骂人。在小名前面再加上别的字呢，等于骂起来更狠一些。宋家银问黑方去不去，黑方不去她就去。杨成方怕老婆跟爹娘吵架，才去了。外面正下着秋雨,雨下得还不小,地上积了一窑儿一窑儿的白水。还有风,风一阵子一阵子的,把树叶刮落在泥地上。杨成方没有打伞,就到雨地里去了。杨成方没有直接到爹娘那里去,他缩着脖,踏着泥巴,向村子外面走去。那里有一个废弃的炕烟房,他到炕烟房里待着去了。他倚在门口一侧的泥墙上,茫然地向野地里看着。地里一层雨,一层风,一片烟,一片雾,他什么都看不清。地里有刚发出来的麦苗,还有一丛一丛的坟包,看去都有些模模糊糊。他隐约记起,他们杨家祖祖辈辈都在这些地里耕种,延续下来的差不多有十辈人了吧。一传十,十传百,他们老杨家在这个村已经有了好几百口子人。人一多,摊到人头上的地亩就少了,一个人才合一亩来地。不管地再少,也有他一份,他应该有在这里种地的权利。可宋家银热衷于让他当工人,热衷于撵他到外面去,一开始就剥夺了他种地的权利,同时也剥夺了他在家的权利。人家娶老婆,都是为了有个家,有个在床上做伴儿的,暖心的。他呢,自打他有了老婆,老婆就不好好地让他在家里待,三天两头往外撵他。别说让老婆暖他的心了,还不够他凉心的呢!听着阵阵雨声,杨成方闭了闭眼,有点想哭。然而,他没有掉下泪来。他觉得眼睛是有点发潮,那是雨滴溅在他的眼睛上了,并不是眼泪起的潮。在哭的问题上,杨成方很生自己的气,或者说有点恨自己。别人哭起来是那么容易，一哭就哇哇的，眼泪流得跟下雨一样。他想哭一哭，不知怎么就那么难。有多少次，他想在宋家银面前痛痛快快哭一场。他要是哭成了，也许宋家银会对他另眼相看，起码不会像现在这样嫌弃他。可不知怎么搞的，他老也哭不成，越努力，越哭不出来。他也有过伤感顿生的时候，好比云彩也厚厚的了，眼看要落下雨来。这时不知从哪里刮来一阵风，一下子就把云彩刮散了。刮散的云彩再聚集起来就难了。他欲哭的感觉也找不到了。他有时在宋家银面前哼哼唧唧，声音有点像哭。但因为声音不是从肺腑里发出来的，是从喉咙眼里发出来，而且没有眼泪的辅佐，他的哭总是不能打动人。甚至他这样的哭比不哭还糟糕，更让宋家银反感。宋家银说他眼里连一滴子蛤蟆尿都挤不出来，装什么洋蒜。这就是杨成方，别人心里有苦，还可以通过哭发泄一下，他心里有说不出的苦处，想哭一下都哭不出来啊！

六

深秋的一天早上，半块月亮还在天上挂着，离天明还得好一会儿，杨成方就踏着如霜的月光和如月光样的白霜上路了。他背的还是在预制厂当临时工时用的铺盖卷儿，提的还是那个用了多少年的破提兜儿。过去他带着这些东西是去县里的预制厂，这一次他不知道是去哪里。他打了一个寒噤，觉得身上有点冷。他相信走走就暖和了。宋家银没有给他做点饭吃，没有送他，躺在床上连起来都没起来。儿子起来对着尿罐子撒尿，见他背着包袱要走，跟他说了一句话。在村里，孩子喊父亲都是喊爹，喊母亲都是喊娘。到了宋家银这里，她坚持让儿子闺女喊杨成方爸爸，喊她妈妈。她听说城里人喊父母都是喊爸爸妈妈，她要和城里人的喊法接轨，也是与村里人的喊法相区别，以显示他们家是工人家庭。儿子问："爸爸，你去哪儿？"杨成方说，他去上班。他的回答，还是宋家银给他规定的口径，他没有超出这个口径。他把儿子的头摸了摸，嘱咐儿子好好学习。儿子大概还挤着眼，撒出的尿没有对准尿罐子口，撒到地上去了。儿子把尿的方向调整了一下，罐子里才响起来了。宋家银嘟囔着骂了儿子一句，说儿子撒尿都找不准地方。杨成方走到镇上的长途汽车站，见站门口冷冷清清，一个人都没有，还是遍地的月光。停下来后，他在月光中看见了自己的影子。影子是黑的，比他本人要黑。影子长长的，比他本人要高要瘦。他听人说过，每个人的影子就是每个人的魂，在人活着的时候，影子跟人紧紧相随，一步都不落下。人一旦死了，魂就飞了，影子就消失了。再看自己的影子，他的感觉就不一样，像是真的看见了自己的魂。他的魂从脚那里生出来，与他的脚相连，头不相连。在他不动的情况下，他的黑魂一动不动。他把头偏一下，他的魂也把头偏一下。他的头变成魂的状态时，不见鼻子也不见眼，只是贴在地上的一个扁片子，薄得如一层纸灰。他突然又打了一个较大的寒噤。这次不光是冷，他似乎还有些害怕。

杨成方不走不行了。宋家银成天价对他没有好脸子，没有一天不催他走。在夫妻生活上，别说上宋家银的身，他想摸摸宋家银的奶子，宋家银都不让。有一次，他摸了宋家银的屁股一下，宋家银转身就踢了一脚，把他的腿杆子踢得生疼。他疼得有些恼，问宋家银是不是他老婆。宋家银回答得也干脆："不是你老婆！"宋家银这样回答问题，这样否认业已存在多年的婚姻事实，问题是严重的，也是危险的。杨成方觉得有必要把事实重申一下，他说："我看你就是我老婆。"这种重申相当苍白，一点力度都没有。杨成方只能做到这样了。宋家银说："是你们家的人把我骗来的，你们一家子都是骗子。你们家的人说你是工人，原来是个臭临时工。"杨成方说:"我没有骗你,我跟你第一次见面时就跟你说了,我是临时工。"宋家银说:"没说没说就是没说,骗了骗了就是骗了!"宋家银让他看老三,说人家老三才是真正的工人。

老三家的老婆房明燕,在村子外面要了一块宅基地,并开始买砖,买瓦,买木料,准备盖房。别人家想要一块新的宅基地难得很,不知要到支书和村长家送多少礼,说多少好话。房明燕一分钱的礼都不送,张口就把宅基地要来了。她爹当着副乡长,副乡长在村支书和村长面前是鼻子大压嘴,村里不敢不给房明燕宅基地。草坯房,房明燕根本不考虑。她不盖是不盖,一盖就是瓦房,就是浑砖到顶,一排四间,三间堂屋,一间灶屋。这样好的房子,目前来说,在这个村是头一份。当年宋家银买自行车,在这个村拔了头份。在盖房子的事情上,房明燕走在全村人的前面了。不是说这个村历史上没有过砖瓦房,不是的,在明代和清代中期,这个村还有楼房呢,还有青砖铺地,石狮子把门和几进几出的大院落呢。只是几经战乱和不绝的匪患,把村子糟蹋得不成样子了。村里人说,当工人和当农民就是不一样,当农民怎么也烧不起来,一当上工人,马上就烧起来了。他们拿房明燕买的砖和瓦当例子,说砖和瓦都是烧起来的。也有人不明白,说老三当工人时间并不长,他哪里来的那么多钱盖房呢?房明燕解释说,老三有一笔退伍军人安置费,老三又跟工友们借了一些钱。人们明白了,当工人就是在有钱人的人堆里,借钱就有地方借。当农民呢,借钱也没地方借。房明燕的动向,宋家银都看在眼里。房明燕是后来者居上,一上来就把她比下去了,就把她超过去了。倘若房明燕是远门子人家的媳妇,她不一定非要和人家比。可房明燕是她的弟媳妇,是她的亲妯娌,她不比也得比。仿佛比是一个鬼,鬼已附了她的体,按了她的头,一再要她比,她要是不比,鬼就不放过她。她家的屋子还是结婚那年盖的草坯房。经年的风雨剥蚀,墙坯已经酥了,一摸就掉渣儿,不摸也掉渣儿。上面的草顶已变得很薄,鸡上去一挠就漏雨。宋家银请人上去补过好多次了,屋顶的前坡后坡都打了不少补丁。原来苦的麦草变黑了,后来新补的麦草是白的,一块黑,一块白,花狗脸一样,难看死了。屋里用泥巴掺碎麦草糊的墙皮早就开始脱落,露出了里面丑陋的泥坯。墙角和床底下,都有老鼠打的窝。从老鼠们运出的大堆小堆的废弃渣土来看,它们定是在地底进行了大面积大规模的建设,说不定有楼,有阁,有广场,也有宫殿。老鼠这么干,等于把他们家屋子下面的地掏空了,基础破坏了,遇上下大雨，村里一进水，这样的屋子就会塌掉。宋家银早就想翻盖房子，把坯座翻成砖座，把草顶翻成瓦顶。她的计划比房明燕的计划早得多。可以说在房明燕还没嫁给老三时，她的翻盖房子的蓝图就在心里画好了。宋家银深知房子的重要。在农村，人们看一个家庭过得如何，主要通过看这个家的住房来衡量。房子代表着人的脸面。房子好了，这家的人不用说话，就有脸面。房子不好呢，你说得天花乱坠，也没脸面。要把房子的蓝图变为现实，一个字，得有钱。宋家银是攒了一点钱，但离翻盖房子的所需还差得远。就算她把家里存的小麦、大豆、芝麻等都卖掉，钱还是差很多。宋家银还能卖什么？自行车她一时还舍不得卖。虽说村里已有了好几辆自行车，自行车不再是什么稀罕之物，她还是舍不得卖。自行车曾带给她不少骄傲，她还得把骄傲继续保持着。拆东墙补西墙的事她不干。还有杨成方的一块手表。按说杨成方的手表可以卖掉，因为杨成方不好好戴，老是把手表放在家里。可惜，杨成方的手表早就不走了。把手表的弦上得很足，手表还是不走。手表不走了，等于手表已经死了。死了的东西谁还愿意要。宋家银说："我×他姐，为了翻盖房子，我总不能卖孩子吧！"她这话是对杨成方说的，有一点像说笑话。可杨成方可不敢当笑话听。再可笑的笑话，杨成方也不敢当笑话听，也不敢笑。宋家银是很会说笑话的，她在外头跟人家拉大村，说笑话，能把人家笑得在地上打扑啦。可宋家银一回到家里，一当了杨成方的面，就把笑话全部收起来了，一个都舍不得给杨成方。杨成方从宋家银的话里听出了对他的威胁，宋家银在拿孩子威胁他。两个孩子都很好，都很有希望。杨成方可不愿让孩子受委屈。活该受委屈只能是他。想想也是，宋家银还指望什么呢，只能指望他。他正当壮年，能吃能睡，能跑能跳，又不怎么生病，他不出去挣钱，让谁出去挣钱呢！

　　迫使杨成方盲目外出，不光是为了挣钱翻盖自家的房子，公家也在向他家派钱。村里的小学校年久失修，风雨飘摇，眼看就要塌。为了保证小学生的安全，为了保证正常上课，只得动员大家集资，把小学校翻盖一下。集资是按人头派，不管大人小孩，每人五十块钱，扒拉一个算一个。宋家银家四口人，应该交二百块。宋家银一听说交这么多钱，头轰一下就大了。她藏的是有点钱，二百块钱她交得起。可她不愿意动自己的钱，她愿意一分一分往上加，可不愿意成百块地往下减。这钱她是为翻盖房子预备的，二百块钱，差不多能买一面屋山所用的砖头，要是把钱交出去，她的屋山怎么办！可这个钱不交又不行。她的一儿一女正在学校里读书，正用得着学校和教室。村长在喇叭上讲，翻盖学校是为了子孙后代。谁家都有子孙后代。要是不痛痛快快交钱，就对不起子孙后代。再者，村里人还不知道杨成方所在的厂子已经黄了，他们的家庭还担着工人家庭的名义。工人家庭都是有钱的，交这个钱应当带头，应当给别人起个示范作用。果然，房明燕捷足先登，第一个把钱交上去了。她家目前只有她一个人，只交五十块钱就够了。接着，高兰英也把钱交上去了。宋家银怎么办？她让杨成方到婆婆那里去借钱。她听说老四从济南寄回了一百五十块钱。杨成方不想去，宋家银拽了他的胳膊，要拉他一块儿去。两个人一块儿去，还不如杨成方一个人去。杨成方刚跟娘说了借钱的话，就挨了娘一顿臭骂。娘骂着骂着还哭了，说杨成方的爹近日得了病，喉咙眼子一天比一天细，吃不下饭，怀疑得的是噎食病。老四寄回的那点钱，都给他爹看病花了。他爹马上还要到县医院去看病，准备让他们弟兄四人每人先拿出一百块钱来。钱要是不够，以后再分摊。杨成方回家，没敢跟宋家银汇报借钱的经过，他说："我走，我明天就出去挣钱去。"

杨成方刚从厂里回家时，还没有什么债务。他在家里躲着，还不是为了躲债。这一次外出，杨成方却有一些逃债的意思了。

这年春节，杨成方没有回家。他给宋家银寄回了五百块钱。他还给宋家银写了信，说他在郑州找到了工作，一切都很好，让宋家银不要挂念他。

宋家银对村里人说，杨成方的厂子搬到郑州去了，郑州是省会，各方面的条件都比县里好。还说他们家杨成方现在是老工人了，老工人不仅比新工人挣钱多，重活儿也不怎么干了，只动动嘴，出出技术就可以了。宋家银哪里知道，就在她到处宣传杨成方只动动嘴就能挣钱的时候，杨成方或许正一手提着一只脏污的蛇皮袋子，一手握着一根铁钩子，穿行于城市的楼群之间，正到处扒垃圾，捡破烂。饿了，他从某个楼下的垃圾口里扒出一块或整个馒头，把上面沾的脏东西捏一捏，就吃起来了。渴了，他拿出随身带的矿泉水瓶子喝一气。里面装的不是矿泉水，是在水龙头下面灌的自来水。连矿泉水的塑料瓶子也是捡来的。里面的自来水喝完了，瓶子他可舍不得扔，一个瓶子能卖五分钱呢。杨成方身上的穿戴，也大都取之于垃圾。他脚上穿的皮鞋，腿上穿的绒裤，上身穿的棉袄，都是从垃圾堆里捡出来的。他已经用垃圾的可利用部分把自己武装起来了，仿佛他自己也成了一样可以走动的垃圾。对于个人形象，他是不大讲究了。头发太长，胡子拉碴，脸洗得有一把，没一把。

夜里，他撤出城市，到郊外的农村去住。农村有一些放杂物和养牲畜的房子，他和别的也是从垃圾里讨生活的人合伙把房子租来，打上地铺，几个人住在一间小屋里。不管是刮风下雨，还是下雪下淋冰，他一天都不歇着，都是天不亮就起来往城里赶，争取能捡到新的垃圾。雨下大时，他往身上裹一块白塑料单，仍在不停地行走和寻觅。他身上裹的塑料布也是捡来的。他每天把捡来的垃圾整理和分类，攒得够卖一次了，就弄到废品收购站卖掉。他给宋家银寄回的五百块钱，就是这样一点一点捡来的。

七

男人常年在外，两个孩子上学，宋家银也有过寂寞难耐的时光。她身体很好，月信正常。她腿长，屁股宽，比一般的女人屁股都要宽。她举着屁股在地里割麦，在只见屁股不见头的情况下，人们宁可把她的屁股看成是一匹母马的屁股。有的男人未免有些感叹，他们说，这样的屁股谁管得够，谁消受得起，最好找一匹公马来对付。嘴痒的人把这话传给宋家银，宋家银一点也不生气，好像还有几分得意，她笑着说："我×他姐，谁在背后说我的坏话，我×死他姐！"宋家银习惯骂×他姐，不管跟谁开玩笑，她都是说要×人家的姐。她这样×字在前，仿佛她不是一匹母马，而是一匹骁勇喜×的公马。宋家银这么一个如饥似渴的女人，谁要是招惹她，估计不难上手。只要以开玩笑的名义，稍微把她的马屁拍一拍，就能把她的浪尿拍得滋出来，一骗腿就把她骑上了，让她怎么颠，她就怎么颠，让她怎么跑，她就怎么跑。村里没人招惹宋家银，因为杨姓是这个村的大姓。杨姓家族一向以门风正为骄傲，各家只许用自家的女人，不许到别家锅里伸勺子。加上杨成方家这一门人丁兴旺，小弟兄们众多，拳头硬，别门的人一般不敢动这个门的女人。这个村有两家外姓人是不错，他们都是外来户，后人发棵又不旺，在村里受憋得很。别说让他们动杨姓家的女人了，碰见杨姓家出来的狗，他们就得赶紧靠边站站。可以说宋家银的寂寞是环境造成的。在如此沉闷的环境里，像宋家银这么好的资源，只能被闲置，被浪费。

也不能说宋家银一点机遇也没有，有的机遇她没有很好抓住，结果错过去了。村里有一个远门子的堂弟，名字叫杨成军。杨成军不知从哪里搞回一头郎猪，靠用郎猪给别人家的母猪配种赚钱。换句话说，杨成军出卖的是郎猪的精子，他用郎猪的精子换钱。每到镇上双日逢集，杨成军就牵着他的郎猪到镇上去了。郎猪对前去寻求配种的母猪来者不拒，来一个配一个。每配一个，杨成军就收一份钱。杨成军对郎猪也有奖励，每当郎猪从母猪身上下来，他就给郎猪喂一个生鸡蛋。有的母猪的主人，见郎猪刚给别人家的母猪配过种，对郎猪的能力有些信不过，不相信郎猪的种子会成熟那么快。这时杨成军表现得相当自信，他说一配一个准，保证没问题。他打了保票，说："要是配不上，你找我，我再给你配，配不上不要钱！"本来是他的郎猪给人家的母猪配，他说成了他给人家配，围观的人听出了破绽，都笑了，说你给人家配算怎么回事。杨成军承认他说慌了嘴，把有的不该省略的字省略了。其实他是故意说错的，就是要给围观的人添一点笑料。在不逢集的日子，有附近村庄的人上门找杨成军，杨成军也会带上郎猪，及时前往。好比有的乡村医生，受人约请是出诊。杨成军和他的郎猪，受人约请是出配。郎猪随杨成军从村街上走过时，从来都是大摇大摆，不慌不忙，一副舍我其谁和稳操胜券的模样。宋家银看见过杨成军的郎猪。那头郎猪尖耳朵，长身子，简直就像一匹马。郎猪的短毛白汪汪的，那一身精壮结实的肉却是粉红的，看去白里透红，真他妈的漂亮。让人惊奇的是郎猪身子后面的那一对睾丸。定是因为睾丸的使用率较高，经受锻炼的机会比较多，所以那一对睾丸就显得格外发达，成为明显的优势所在。如果拿人的睾丸和它的睾丸相比，恐怕把人的六个睾丸加起来，也不一定比得上郎猪的一枚睾丸大。这么说吧，包在郎猪阴囊里的两个睾丸，如同包了两个鸭蛋，只是比鸭蛋长一些。郎猪走动时，屁股下面的睾丸左右摆动，又好像郎猪屁股下面又长了一个屁股。宋家银不敢看的是郎猪的眼睛，她觉得郎猪的目光非常流氓。说它流氓，并不是说它看人的目光多么下作，把女人也误认为是它的服务对象。它的目光是躲避的，你一看见它的眼睛，它的目光马上躲开了。要不是心里有鬼，要不是有流氓般的敏感和想法，它的目光躲什么躲。越躲越表明它不正经。宋家银注意过，郎猪的目光不是一直在躲，在你不注意它的时候，它又在看你，它是偷眼看人，它的眼睛背后仿佛还有眼睛。把坏事干多了，看来这头郎猪快成精了，快变成人了。宋家银把杨成军的郎猪看成流氓，作为流氓的主人，作为流氓的培养者和指使者，宋家银觉得，杨成军也应该是流氓。宋家银爱和杨成军开玩笑，一见杨成军和郎猪从村街走过，她就把杨成军称为流氓他爹,问他们爷儿俩又去哪里耍流氓。杨成军说,他去宋家银的妹子那里去耍。宋家银说:"你小心着,回来把郎猪拴好。你一不小心,郎猪耍流氓耍到你老婆身上就麻烦了,到时候你老婆给你生一窝小郎猪,超过了计划生育指标,上头要罚款的。"杨成军说:"没关系,你什么时候想生小猪,我来给你配。你放心,跟别人干要钱,跟你干不要钱,保证不让你倒贴。"杨成军使用的又是省略法,这一省略,就把郎猪和母猪省略掉了,成了他和宋家银的关系,他要干宋家银。对于杨成军的偷梁换柱,宋家银听得出来,宋家银说:"我×你姐,这可是你说的。我正好买了一头小母猪,等小母猪打圈子了,我不找别人,就找你!"杨成军说:"对对,你就找我,我保证让你满意。"说着,他把郎猪丢下,向宋家银身边凑去。一边凑,还一边前后左右乱瞅,似乎要背着人,要做什么秘密事情。宋家银不知杨成军要干什么,她不由得用两个胳膊夹住了奶子,把屁股也收紧了,转身要往院子里躲,说:"死成军,你要干什么!"杨成军站下了,把手一摊,说:"你看,我什么都没干哪。我还没动你一指头呢,就把你吓成这样,我要是真动了家伙,你的门不知道得关多紧呢,恐怕用铁棍都捅不开。"宋家银说:"动家伙,你敢?我看你没长动家伙的蛋子儿！"杨成军压低了声音，说："你说我不敢，今天晚上你给我留着门儿，我来会会你，你看我敢不敢！"宋家银脸上红了一下，她还是当笑话说："说话算话，晚上谁要是不来，谁是小舅子。"

两个孩子一放学，她问孩子有没有作业，要是有作业，趁天不黑，抓紧时间写。这时村里已通了电，她家里安上了电灯，照明再也不用煤油灯了。家里虽有了电灯，她很少用，也很少让孩子开灯。孩子若有家庭作业，她都是催孩子利用自然光做作业。她还保持着节省的习惯。点煤油灯时，她要节省煤油。点电灯时，她得节省电费。村里刚拉进电线那会儿，各家也要出钱，也要投资。为此，有的家庭拒绝通电，说祖祖辈辈没点过电灯，生出来的孩子眼睛照样明明亮亮的。在通电的问题上，宋家银表现得相当开明，相当有现代意识。男人在外面工作，她的家庭一直是工人家庭，家里怎么能不通电！就是村里别人家都不通电，她家也要通。她甚至希望别人家都别通电，只有她自家通，这样才能显出她家的光明。通了电，不用，也算有电。好比有了自行车，别管骑不骑，谁都得承认她有自行车。通了电也是一样，为了节省电费，她家不开电灯就是了。

吃过晚饭，她让两个孩子在屋里睡。她说有点热，要到院子里躺一会儿，凉快一会儿。时节到了夏天，天气是有点热了。但还没热到睡院子数星星的地步。实在说来，是宋家银心里有事，是她心里发热，热得都有些发烧了。她放不下杨成军以开玩笑的口气给她留下的话。这地方的人开玩笑是大有学问的。许多真话都是以开玩笑的口气说出来的。真话往往不大好说，说出来容易让人难堪。把真话外面包上一层笑话，说起来就方便多了。特别是在男女偷情的事情上，用笑话铺路搭桥的手段更是被普遍应用。笑话，有搭讪的作用，递话儿的作用，试探的作用，也有调情的作用。所谓递话儿，就是城里人所说的传递信息。比如一个男的看上了一个女的，想跟这个女的好一好，在城里，有可能采取写信的办法，男的通过信件把好感传达给女的。在农村，他们大都不识字，或者识字很少，一般不采用写信的方法，只用说笑话的办法就行了。相比之下，说笑话的方法更狡猾，回旋余地更大。它的特点是进可攻，退可守。如果男女双方都把笑话后面的真意领会到了，又都愿意得到真意趣，那么他们的好事就成真了。如果其中一方觉得对方不是自己想要的人，或者觉得时机尚不成熟，笑话说了也就说了，一笑了之，于你于我都不损失什么。宋家银相信，杨成军在笑话后面递给她的是真话。杨成军说的时间就在今晚，时间是那样具体。她也用笑话给杨成军回了话，等于答应杨成军了。好事就在今晚，宋家银把一切都准备好了。

　　院子门后的墙根有一片阴影，宋家银在阴影里铺了一张席，躺在席上装作摇扇子。她特意洗了头，往脸上搽了香膏子，还换上了一件比较新的内衣。她本来不想收拾打扮自己，把自己搞得这样香，是不是对杨成军太在意了。杨成军一个牵郎猪的，一个满身骚气的臭小子，凭什么让她像迎接新郎一样迎接他呢！杨成方每次从外面回来，她从来没有这样收拾过自己。她把自己当成一碗剩饭，杨成方要吃，她不愿意把剩饭热一热，让杨成方自己来端，凉着吃好了。杨成方笨手笨脚，笨头笨脑，自己不知道烧把火，给剩饭加点温，炒一炒，再吃。得着了，他上来就吃，一口气吃完为止。杨成方的吃法，从来没有让宋家银满意过。倘是宋家银只经历过杨成方这么一个男人，她也许想着男人都是这种吃法，她就没什么想头了。她难免想起第一个和她好过的那个男人，难免把那个男人和杨成方相比较，一比较，就看出杨成方的差距来了，并知道了男人和男人是不一样的。看来女人得到比较的机会是麻烦的，她比较了一个，还想比较两个，三个。大概因为杨成军是一个牵郎猪的人，宋家银认定杨成军是一个会玩儿的男人。想想看，杨成军的郎猪就那么流氓,那么坏,跟着郎猪学郎猪,杨成军能不流氓?能不坏?院子里的门没有上闩,是虚掩的。杨成军来了不用敲门,轻轻一推就进来了。她打算好了,等杨成军进来后,她就装睡,装作睡得沉沉的,对杨成军的到来并不重视,年初一打死一只兔子,有它没它都能过年。她要看看杨成军怎样动她,怎样把她弄醒,是先动她的头,还是先动她的脚。要是先动她的脚,她就踹杨成军一个梦脚。要是先动她的头,她就抓过杨成军的手,把杨成军的手指头在嘴里咬一下。她当然不会把杨成军咬疼,只让杨成军知道她不好惹就行了。

　　宋家银白准备了,她骚动大半夜,受煎熬也受了大半夜,杨成军始终没有出现。有一次,她贴在地上的耳朵听到外面有点动静,爬起来透过门缝往外一看,站在门外的不是杨成军,是一只狗。她从门缝往外看,狗正好从门缝往里看,她的鼻子差点碰到了狗的鼻子。还有一次,她看见墙头上冒出一个东西。她心里一喜,以为杨成军个狗×的要翻墙进来。定睛一看,立在墙头上的是一只黄鼠狼。在月光下,直立着的黄鼠狼,把两只前爪像人的两只手一样搭在胸前,头也像小人儿的头一样,左瞅瞅,右瞅瞅。黄鼠狼最后不知瞅到了什么,身子一俯就逃遁了。

再见到杨成军，宋家银要是以开玩笑的口气，说她等了杨成军半夜，也没见杨成军去，说不定杨成军真的就去了。宋家银没有再给杨成军机会，也没有再给自己机遇，她生气了，肚子气得鼓鼓的。她认为杨成军骗了她，捉弄了她，一个男人家，说话不算话，连放狗屁都不如。宋家银一生气就过头，她有点恨杨成军。这种恨说不出来，只能在心里恨一恨。因此，她没有跟杨成军一笑了之，她不搭理杨成军了，再也不跟杨成军说笑话了。杨成军叫她二嫂，还要跟她说笑话，她把脸子一摆，转身就走了。她在心里把杨成军骂成 × 娘的。

八

宋家银的心里好像一直不平衡，她心里的恨也好像很多，一恨未平一恨又起似的。心头有了恨，她也没什么有效的表达方式，就是不搭理人家而已。村里妇女解恨的方法很多，说得上五花八门。有的是骂大街，把一样东西，能骂九九八十一遍不重样。有的是到人家门前打滚撒泼，寻死觅活，不达目的，决不罢休。有的把仇恨对象扎成一个草人，在草人头上安上葫芦，葫芦上画得有鼻子有眼，然后把草人绑在一棵树上，每天用开水在草人头上浇三遍，一边浇，一边对草人进行咒骂。有的手段毒辣一些，她们不声不响，就把毒药下进人家猪圈里去了，羊圈里去了。这些方法，宋家银都没尝试过。她记恨人的方法，就是不理人。不理人，就是蔑视人家，和人家断交，继而否认人家的存在。她觉得不理人的方法是很有力量的，这种力量是持久的力量，也是意志的力量。

近来，她决定不搭理房明燕了。其实房明燕并没有得罪她，对她客客气气的，一点都没有表现出看不起她的意思。可是，宋家银还没盖砖瓦房，房明燕把砖瓦房盖起来了。这跟做文章一样，她虽然早就打好了腹稿，因无纸无笔写出来，文章还停留在肚子里。如今，人家把文章做出来了，写在地上了，题目和内容和她的腹稿都是一样的，她有一种被抄袭和偷窃的感觉。有房明燕的砖瓦房在前，她再盖这样的房子，就显不着她了，就算她抄袭了人家。房明燕的男人当工人的事，这也让宋家银越想越不对劲。老三当了正式工，杨成方连个临时工也当不成了，她把这两者看成了因果关系，认为是老三把杨成方的工作顶掉了。最让宋家银看不惯的是房明燕的娘家爹，从乡里到这村不过三四里路，那人来看房明燕还坐着吉普车。说是来看闺女，他却不在闺女家吃饭，在支书家里吃开了，喝开了，猜拳行令，闹得全村的人都听得见。村里的孩子难免把停在支书家门前的吉普车围观一下。在支书家帮着烧火做饭的房明燕一会儿出来一趟，让孩子们都离远点，不许摸车。宋家银的女儿杨金明也在那里看车，宋家银站在远处喊女儿，命令女儿回家，说："那儿又没有玩猴儿的，你在那里看什么，没见过东西怎么着！"女儿不回家，她大步走过去，捉住女儿的手就往回拉，骂女儿眼皮子浅，没志气。她本来没打算拉女儿，见房明燕从灶屋里出来，她就奔过去把女儿拉走了。她一见房明燕就来气，她拉女儿，就是做给房明燕看的，话也是说给房明燕听的。房明燕看出二嫂的行为是针对她，她没有计较，微微一笑就完了。可怜的是宋家银的女儿，女儿被拖得两眼含泪，还不明白妈妈为何生这么大的气呢！

房明燕的房子盖好后，村里好多人都去看。宋家银坚决不去看。房明燕的房子在村东，为避免看到房明燕的房子，她连村东也很少去。村东有一个出村的路口，到镇上赶集，一般都要从那个路口出村，她去赶集怎么办呢？她宁可从村北的护村坑里翻过去，也不走村东。村北的坑很陡，坑底还有一些稀泥。她侧着身子，一点一点下到坑底，用脚尖点着稀泥，跳到对岸，再抓住坑边露出的树根，攀到岸上去。有上年纪的人不知道她心中的避讳，问她放着好好的大路不走，干吗费劲吧唧的翻坑呢？她说翻坑近。嫂子也不理解她，嫂子竟到她家，约她去看房明燕的房子。宋家银说："你想去你去，我不去。"嫂子说，听说老三家的房子盖得不赖，好多人都去看了。嫂子的意思还是想拉她一块儿去看。宋家银躲着房明燕的房子，是躲着自己心中的痛。嫂子拉她去看房明燕的房子，等于把她的痛处触到了，她说："我干吗去看她的房子，她盖的房子再好，是她的，她再富，也是她的，我不沾她一点光！"嫂子不知道宋家银已经忍无可忍了，她仿佛要与宋家银拉统一战线似的说："人家都去看了，咱俩要是不去，老三家的该有意见了，好像咱们多眼气她似的。""放屁！"宋家银骂道。她骂房明燕放屁，把嫂子也捎带上了。嫂子替房明燕假设，等于嫂子也是放屁。她说："我眼气她？撒泡尿照照她那样子，一把攥住，两头不露，有什么值得让我眼气的！"宋家银最后说的话，几近撵嫂子走，她让嫂子赶快去看人家的房子去吧，别在她这里沾一身穷气。

宋家银对嫂子也快不想搭理了。嫂子的两个儿子初中毕业后，都加入了人家的包工队，到山西的小煤窑挖煤去了。这样一来，杨成方家弟兄四个，家家都有了在外做工的。老二老三老四家，都是一个人在外做工。老大虽然没有出去，可他的两个儿子起来了，一出去就是两个。两个比一个多着一倍。老大毕竟是老大，他利用两个儿子，一下子把三个弟弟都盖过去了。别管出去做什么工，不管是长期工还是临时工，合同工还是包身工，反正出去就是做工，做工就能挣钱。宋家银从高兰英口里知道，挖煤的活是重，是苦，也有危险，可挖煤挣钱也多一些。老大的两个儿子外出挖煤，一年不知能挣回多少钱呢！宋家银看出来了，嫂子说话的底气比过去足多了，屁股似乎也扭起来了，不然的话，嫂子怎敢和她拉统一战线呢，怎敢撺掇她去看房明燕的房子呢！宋家银觉得这样不太好，有点乱套。哪能家家都有人出去做工呢？那样的话，杨成方往哪里摆，她的工人家属地位往哪里摆，他们家不是被淹没了嘛！宋家银感到受到了前所未有的挑战，她的地位也受到了威胁。

村里有个叫杨二郎的，不吭不哈，一路摸到北京去了，到北京拾破烂去了。拾了两三年破烂回来，杨二郎发了。杨二郎发财的证据，也是体现在盖房子上。杨二郎不再盖起脊子的瓦房，他认为起脊子的瓦房已经过时了，他盖的是平房。平房上面盖楼板，楼板上面打上防水层，防火层，再用水泥抹平。这样的房顶可以登高望远，可以晒粮食，夏天还可以在上面借风乘凉。平房前面是大出厦，廊厦下面是高起的台阶。有了廊厦的遮蔽，下暴雨也不怕了，从堂屋走到灶屋，不打伞也淋不着雨。房子前面开的不再是小窗，装的也不是传统的木窗棂。他家的窗子开得面积比较大，窗扇可以对开，上面装的是透明的玻璃。杨二郎了不得了，他去北京不光挣回了钱，还开了眼界，长了见识，把北京房子的式样也带回来了。杨二郎的确是那样说的，他说他在北京参观了故宫，看了慈禧太后住的房子。慈禧太后的房子，玻璃窗都是可着房子那么大。他隔着玻璃窗往里面一瞅，就把满屋子的宝物瞅到了。杨二郎举了一个例子，他说别的且不说，如果从慈禧太后屋里拿出一个洗脸盆来，值钱就值老了，恐怕把全村的粮食、房子、牲口和杂七杂八的东西都算上，也买不来慈禧太后的一块盆沿子。有人问，一个洗脸盆那么值钱，难道是金子做的。杨二郎说："这一次可算让你猜对了，那洗脸盆可不就是纯金做的。"听杨二郎说话的人无不发出惊叹。

　　杨二郎从北京回来，还背回一个牛腰粗的蛇皮袋子，里面装的都是他拾回的东西。人们以为那些东西不过是些不值钱的破烂货，谁知道呢，他掏出一样，又掏出一样，每样东西都不破。他像变戏法一样，每掏出一样东西，人们的眼睛就一亮。他掏出来的有毛衣毛裤，皮鞋凉鞋，裙子帽子，无所不有。他还拿回一种裤子，叫牛仔裤。他说牛仔裤，村里人听不懂，以为牛仔的仔是宰牛的宰，就把牛仔裤说成是宰牛裤。村里人还赞叹呢，说北京人就是厉害，就是牛，连宰牛的人都有专门的裤子。宋家银没到杨二郎家里去。外面回来的人，她一般都不去看。她还端着工人家属的架子，表示她对外面回来的人都不稀罕。女儿拽着她的手，让她到杨二郎家去看看。她一下子就把女儿的手甩开了。她知道女儿的心思。杨二郎把带回的那些东西，都以比较便宜的价格处理给村里人了，女儿定是看见别的小姑娘穿了杨二郎带回的式样不错的花裙子，女儿也想让她去挑一件。宋家银对女儿说："我干吗要买他的东西，有钱我还买新的呢！"宋家银已经知道了，杨成方在郑州也是拾破烂。她觉得拾破烂的说法不好听，她不想让人知道杨成方在城里拾破烂。她使用的还是过去的说法，说杨成方在郑州当工人。她说得比较含糊，没有再具体说杨成方是在预制厂当工人。现在的人，去趟郑州跟赶趟集一样，她怕有的人到预制厂去找杨成方，要是一找，杨成方的工作就露馅了，就把破烂露出来了。宋家银是想去听听杨二郎说些什么，或许杨二郎在拾破烂方面有什么窍门，她听到了，好跟杨成方说一说，让杨成方跟杨二郎学着点。从目前的情况看，杨二郎比杨成方拾破烂的效果要好得多。但她心里有点别扭，觉得杨二郎的工作跟杨成方的工作雷同了，她一去，好像对杨二郎的工作表示认同似的。后来有人对宋家银说起杨二郎带回来的宰牛裤，说什么宰牛裤，宰猪裤，原来就是劳动布做的裤子，跟杨成方穿的工作裤差不多。这样的口气和说法，显然是笑话杨二郎的意思，笑话杨二郎拿着破布当龙袍，回来糊弄乡亲们。既然是笑话杨二郎，既然是拿杨成方的工作裤拆穿了杨二郎的宰牛裤，宋家银来了兴趣，她宣布她也要去看看，杨二郎带回来的是什么样的宰牛裤。杨二郎把牛仔裤取出来，宋家银差点笑弯了腰，不就是一条劳动布裤子嘛，说什么宰牛裤不宰牛裤，这样的裤子，他们家杨成方都穿烂好几条了。杨二郎表情严肃地纠正宋家银，说劳动裤和牛仔裤可不能比，牛仔裤有形，松紧性强。劳动裤都是大裤裆，也没啥松紧性。穿牛仔裤时髦得很，现在北京城里的年轻人，都是穿牛仔裤。杨二郎问宋家银："你知道牛仔裤是哪里传过来的吗？"宋家银还是笑，说："不是宰牛裤嘛，怎么又成牛宰裤了！"杨二郎说："你不要听别人瞎说，什么宰牛裤，宰人裤呢！

这个仔不是那个宰，牛仔裤的仔，是人字旁右边搭一个子字。我一说吓你一跳，牛仔裤是从美国传过来的。美国美国，美国人最爱美，全世界的人都在向美国人学习。"宋家银不服，说："按你这个说法，美国人都爱美，日本人都爱日了！"一屋子人都笑了，他们把日本的日理解成另外一种意思了。

对于别人的嘲笑，杨二郎一点也不恼，他说："你们不要笑，你们不懂。"他接着又讲了一些在北京的所见所闻。他说有些事情他原来也不懂，后来才慢慢懂了。有一次，他从垃圾箱里捡出一个圆圆的纸盒子，盒子里有上半盒黄吃歪歪的东西。他以为是小孩子拉的屎，正要把纸盒子扔掉，旁边一个老太太指点他，说那是冰激凌，挺好吃的，让他尝一尝。什么冰激凌，他连听说都没听说过。他有些犹豫，不想尝。他看着还是像屎。穿戴不俗的老太太挺执着，也挺负责任似的，坚持让他尝一尝。在人家的地面讨生活，人家让你干什么，是给你面子，他不要面子也不好。于是，他用手指头抠了一点冰激凌放进嘴里。你别说，那玩意儿冰冰的，甜甜的，还真好吃，吃一口就激灵一下子。杨二郎不光拾破烂，还收破烂。有一回他收回一堆破棉花套子。心说把套子晾晾吧，一抖，从破套子里抖出几张存款单来。存款单都是定期的，上面有名有姓，他不敢冒名去取，生怕人家已挂了失,把他当小偷抓起来。说着,他从屋里拿出一张存款单来给大家看。宋家银他们把存款单接过来一瞅,真的呢,上面填的存款数是三千块。存款单很精美,细看上面也有花纹,跟票子差不多。宋家银从没见过这样的存款单。她想,杨二郎从破套子里抖出来的不知有没有现金,就是有现金,恐怕杨二郎也不会说。得外财的事,人都是藏着掖着,谁愿意说出来呢。杨二郎说,他还捡到过一个手机。一个人从小轿车上下来,手机就掉在车门口的地上了。他过去把手机捡起来,喊住那人,把手机还给了人家。他要是不还给人家,一个手机能卖好几千块呢!他的话别人又没听懂,有的听成了烧鸡,有的听成了熟鸡,心说,一只鸡,不管烧得再熟再烂,也值不了几千块钱哪!心里有疑问,他们没敢马上问。他们本来想笑话杨二郎,现在成了杨二郎笑话他们,杨二郎完全掌握了主动。他们要是一问,杨二郎肯定还会说"你们不懂"。果然,杨二郎笑着看看这个,看看那个,说:"我说手机,你们又不懂了吧。手机,可不是咱们家喂的公鸡母鸡。手机是电话机,是拿在手上的电话机。手机跟一副扑克牌大小差不多,上面没有线连着,走到哪里都能接电话,都能打电话。手机一叫好听得很,喋儿喋儿的,比蛐子叫得都好听。"

杨二郎后来说的话,宋家银没怎么听进去,她有点走神儿。她在心里调兵遣将，准备赶紧通知杨成方，让杨成方也到北京去。既然北京到处都有宝，到处都是钱，出门还能捡到这机那机，既然北京城里看着像屎的东西都好吃，杨成方死脑筋，还待在郑州干什么。

九

老四出事了。建筑队打回电报，说是老四受伤了，让他家里的人速去。宋家银的公爹拿着电报，让大儿子、大儿媳、二儿媳、三儿媳看了一圈，然后由大儿子陪着他，到济南去了。宋家银原以为公爹让各家给他出路费，公爹没张那个口。公爹让这个那个看电报，不知是啥意思。公爹的表情很沉重，沉重得似乎连话都说不出来了。看样子，公爹可能把老四受伤的事估计得过于严重了。宋家银还安慰了公爹几句，说没事，出门在外，磕一下、碰一下，都不算什么事。说不定公爹还没走到地方，老四已经到脚手架上干活儿去了。

老四出的是大事。他钻进搅拌机的大肚子里，清理巴在搅拌机内壁的残渣。别人不知道他正在搅拌机的肚子里面干活儿，有人把搅拌机的电闸合上了。搅拌机隆隆地一转动，老四就变成了搅拌对象，也就是搅拌机大肚子的消化对象。等有人想到老四可能在搅拌机里干活，把搅拌机停下来时，老四已被搅拌得一塌糊涂，分不清哪是沙子，哪是石子，哪是水泥。搅拌好的东西一般都是稠稠的流质。老四几乎也成了流质，扶起来是不可能了。眼看局面不好收拾，公爹给三儿子打电报，让在国家油矿工作的老三也去了。经过艰苦谈判，建筑包工队答应赔给公爹一万三千块钱。楼房的业主不赔钱，因为业主和包工头儿事先签订了合同，如果出了工伤或工亡事故，一切后果由建筑包工队承担。公爹本打算给四小子讨一副上等的棺材，用棺材把儿子装回去，见儿子已不成形状，拉回去也没法看，只会让孩子的娘更痛心，就作罢了。结果，爷儿仨只把老四的骨灰盒提回去了。

婆婆一抱住骨灰盒就哭开了，仿佛骨灰盒就是她儿子，谁从她手里夺骨灰盒，都夺不下来。婆婆叫着老四的小名，说她儿子出去时是活不拉拉的儿子，回来就成了这样，成了一把骨头渣子。出去，出去，出去能落个啥呢！宋家银劝婆婆别哭了，劝着劝着，她自己倒哭了，眼泪流得啦啦的。公爹拿着电报让她看时，她一点都没吃惊，甚至希望老四出点事，如果老四出点事，不能再出去做工，她心里会平衡一点。老四出了这么大的事，她又觉得自己太过分了，太没人心了。老四没了，老大在家，老三也回来了，只有杨成方没回来。是她不让杨成方回来。她说她只知道杨成方在北京，但不知道具体地址。她怕耽误杨成方挣钱。她正在家里盖房子。房子是包给人家盖的，连盖房子她都没让杨成方回来。她家盖的是平房，基本上模仿杨二郎房子的式样。但她不承认她家的房子跟杨二郎家的房子一样，因为杨二郎家的房子不拐弯儿，没有厢房。她家除了盖四间堂屋，又盖了两间西厢房。她家的房子是超越性的，在全村又拔了头筹。因为没让杨成方回来，她觉得对公公婆婆有点愧。对老四也有点愧。她怎么办？她只有通过哭来弥补一下，来作一个姿态。她要让人知道，她宋家银是很懂事的，也是很重感情的。同时，一个在盖房子的事情上拔了头筹的人，也应该哭一哭。胜利的人都是要流眼泪的。通过哭，她还要让人知道，她盖这么好的房子，不是要成心盖过别人，不是跟任何人过不去，她是跟自己过不去，她天生就是一个和自己过不去的人。别人只知道她盖房子，谁知道她是怎么省的，谁知道她所受的苦处。还有杨成方，谁知道杨成方在外头受的是什么样的罪！宋家银干脆哭出了声。别人叫着"他二嫂"，越是劝她别哭了，越是夸她嫂子比母，她哭得越痛快。她还想起四弟有一次跟她借自行车,她不但没借给四弟,还骂了四弟,她只好请四弟原谅她了。

婆婆抱着老四的骨灰盒不放,还有一层意思,她拿骨灰盒和棺材比,嫌骨灰盒太小了,太短,也太狭窄。她说她儿子那么高的个儿,睡在这里面,胳膊伸不开,腿伸不开,太憋屈了,太受罪了。宋家银很快理解了婆婆的意思,在这个事情上,也愿意顺从婆婆的意思,她建议,应该给老四买一口好棺材,把骨灰盒放进棺材里。她听说,人死后,棺材在阴间就是人的房子。他们都有了房子,老四也该有一套像样的房子。反正人家赔给公公婆婆了钱,这笔钱应当拿出一部分,花在老四身上。不然的话,钱留在那里干什么!

对宋家银的建议,全家人都没有反对。也不好反对。于是,公爹从镇上买回带香味的红松,请人做了一口厚重的棺材,把小小的骨灰盒放进大容积的棺材里去了。大概也是因为有了钱,老四的葬礼按常规葬礼举行,一个项目都不少,搞得相当排场。家里请了响器班子,吹打了一番。家里摆了宴席,待了好几桌客。还是宋家银的提议,家里请人给老四扎了收音机、电视机、自行车等新鲜东西。还让人给老四扎了一个跟真人一样高的闺女。闺女脸上画了眉眼,点了樱桃口，涂了红脸蛋，俊俏得很。因为老四没有结婚，有了这个闺女陪伴，老四就不寂寞了。

打工这个词已经很流行了，它像种麦、过年一样流行，人人都会说，都说得很顺嘴，而且知道它的内容。你若问谁谁到哪里去了，连八十岁的老太太也会告诉你，打工去了。老四的死，一点也没让人们感到有什么了不起，一点也不影响人们外出打工的积极性。村里祖祖辈辈死了多少人了，人们的死法大同小异，不能给人留下什么印象。而老四的死法是独特的，是死（史）无前例的，人们一下子就记住了。和老四的死几乎是同步，该村外出打工的年轻人，在武汉也死了一个。年轻人没挣到钱，他见商店里东西很多，起了偷窃之心。趁商店关门时，他在一个角落里躲起来了。夜深人静之后，他正从柜台里往外拿东西，被一个值夜的老头儿发现了。老头儿叫了一声好啊，刚要打电话报警，他扑上去，掐住老头儿的脖子，活活把老头儿掐死了。年轻人的死也不算好死，他是被人家武汉的人枪毙掉的。年轻人死得不够光彩，村里人对他也没表示同情。大家认为他的手伸得太长了，是自己送死。死人没让外出打工的人感到害怕，相反，有更多的人冲出去了，踏上了打工的征程。这劲头有点像当年闹革命，一个人倒下了，更多的人站起来，前仆后继似的。

　　这个村一百多户将近二百户人家，几乎家家都有人外出打工。有的家庭不止出去一个，出去两个，甚至三个。城市的大门好像一下子敞开了，农村人进去一个，它们吸收一个。过去城市的门槛高得很，门也关得很严，不许乡下人随便进去。你硬着头皮进去了，说不定它抓你一个流窜犯，把你五花大绑地送回原地。这下好了，条条溪流归大海，城市真的像一个大海，什么人都可以进去扑腾了。让人始料不及的是，不仅男孩子出去打工，女孩子也把不住劲了，也开始收拾行囊，外出打工。这村有一户姓孙的，是独门独户的一家外来户。他们家想多生儿子，以便在这个村壮大队伍，站稳脚跟。谁知孙家老婆的肚子不争气，皮囊子里女孩儿多男孩儿少，老婆连着生下五个闺女，才勉强生了一个儿子。生孩子多，挨罚就多，这家的日子穷得像掉了底子的水罐子，提都没法提了。孙家的日子转机之日，是在孙家的大闺女二闺女结伴出去打工之后，第一次，两个闺女给家里寄回三千块钱。第二次，两个闺女给家里寄回六千块钱。这种大额汇款，乡邮电局的邮递员都是开着大篷车，直接给收款人送到家里，每送一千块钱收取十块钱的送款费。这是邮电局新增加的服务项目，据说是为了保证取款人的安全，也是服务上门。这种服务带来一个毛病，就是保密功能差一些，大篷车咚咚一响，一开到谁家门口，全村的人都知道了。大篷车的响声如同放炮，人们像拾炮的一样，就到姓孙的家门口去了。人们当然拾不到什么炮，但去过的人眼神都有些惊诧，心里眼气得有些疼，疼得跟炮崩的一样。日死他祖宗吧，老孙家的闺女打啥工去了，挣这么多钱！难道城里的工都是公的，男孩子上去打不败它，只有女孩子上去才能制服它，打败它。两个闺女寄回这么多钱，老孙不敢把钱放在家里，他怕招贼惹祸。他也没把钱往信用社里存，他还没有存钱的习惯。他的办法是马上把现金换成砖，把红砖头垛得一垛一垛的。就是贼来了，顶多偷几块砖，偷不走他的钱。买砖的目的，当然是盖房子。老孙说了，他不盖砖瓦房，也不盖平房，他要盖一座两层的楼房，来它个一步到位。村里人没听错，外来户老孙要在以杨姓为大户的村庄盖楼房了，羊群里长出骆驼来了。因为两个闺女的本事，老孙要往高处走了，要上天了。老孙在人前不敢翘尾巴，跟人说话时，他还是夹着尾巴，还是一脸苦相。不过他说话的内容变了，他说，以前在这个村，没人看得起他，看见他跟看见要饭的差不多。家里穷得闺女连条裤子都穿不起，他难受得不知道哭过多少回。他哭，也不敢在外面哭，怕人家看见笑话。他都是半夜里在家里偷偷地哭。人家说他现在行了，要盖楼了。老孙眼里的得意憋不住了，变粗的尾巴根子似乎再也夹不住，他说："十年河东转河西，老天爷总算开眼了。"对于老孙家的崛起，村里人无论如何不大好接受，他们说，老孙家的闺女到城里不知干什么去了呢，那么多钱，肯定不是正当渠道挣来的。老孙听到了风言风语，一点也不生气。他好像早就料到了人们会说闲话。他说，他的两个闺女在一家鞋厂里给人家做鞋。因为那个鞋厂做的鞋好，是出口到国外，给外国人穿，挣的是洋钱，所以厂里给工人发的工资就高些。有人说，噢，给人家做鞋，这就对了，听说外国人的脚可是大呀！也有人不明白给人家做鞋怎么就对了，说再好还能好到哪里去，不过是皮鞋呗。难道皮鞋不是猪皮羊皮牛皮做的，是人皮做的？

别管人们怎么议论，村里的女孩子都有些蠢蠢欲动，也想出去打工。杨金明对妈妈说，她也想出去打工。妈妈老是在家里说，人家老孙家养闺女真是养值了。她家两个闺女出去就挣那么多钱，要是五个闺女都长大，都出去挣钱，不知能挣多少钱呢！现在人家要盖楼，说不定以后该树塔了。过去都是说养闺女是赔钱货，现在世道变了，养闺女比养儿子强。宋家银不反对女儿出去打工，她说："等你初中毕了业，你想去哪儿就去哪儿，妈不拦你。"

是不是可以这样判断？宋家银当初热衷于把丈夫杨成方往城里撺，是为了要工人家属的面子，是出于虚荣之心。这是第一阶段。到了第二阶段，宋家银受利益驱动，就到了物质层面。也就是说，她让杨成方出去，主要是为了让杨成方挣钱。杨成方挣回了钱，垫高了家里的物质基础，她才能踩着基础和别家攀比。到了第三阶段，宋家银的指导思想就不太明确了，就是随大流，跟着感觉走了。这时候，外出打工，或者说农村人往城里涌，已经形成了浪潮，浪潮波涛汹涌，一浪更比一浪高。这样的浪潮，谁都挡不住了，谁都得被推动，被裹挟，稀里糊涂地就被卷走了。有一年夏末，他们这里发过一次大洪水。洪水是从西边过来的，浪头有屋山高。洪水一过来就不得了，沟满河平房倒屋塌不说，洪水一路欢呼着，把房子的草顶、屋子里的木床、村头的麦秸垛等，都顺手牵羊似的捎走了。在强大的洪水面前，人是脆弱的，人被洪水追得屁滚尿流，无处躲，无处藏，只能跟着洪水走。和洪水不同的是，水往低处流，而打工的浪潮是往城里走。乡下人历来认为，城市是高处。往高处走，是人类共同的心愿。既然有了千载难逢的好机会，谁不愿意到城里插一脚呢!

十

宋家银也要到城里去了,她不是主动去的,是被动去的。她不是去打工,也不是去观光。

在此之前,宋家银还没想过一定要到城里去。杨成方常年在外,家里总得有人守摊。在夫妻的分工上,宋家银遵守的还是传统的分工方法。杨成方是外线人,是打外的。她给自己的定位是家里人,是主内的。两个孩子正上学,她每天要给孩子做饭吃。家里喂的有猪有羊,有鸡有鸭,有狗有猫。一个活物一张嘴,每张嘴都会叫唤。一张嘴打发不好,能叫唤成十张嘴。这些都离不开她。她辛辛苦苦建设这个家,为了比别人强,为了让别人看得起,她的荣耀在家里。她要是到了外头,谁会认识她呢,谁会知道她的荣耀呢!她总不能像蜗牛一样,走一步就把房子背在自己身上吧。就算她把房子背进城里,城里人谁会看得上蜗牛的壳子呢,说不定一脚就把壳子踩碎了。宋家银把家看成是她的根据地,把根据地建设好了,保卫好了,进城的人干着才放心，回到家才有一个稳定和温暖的窝儿。城里是挣钱的地方，也是花钱的地方。人还没进城，就得先花一笔车费。宋家银不想花那个车费。可这一次，宋家银不进城是不行了。

高音喇叭在村长家院子里的杨树上响，村长的老婆在喇叭里喊："金光家妈，来接电话，北京来的电话！"村长家的杨树很高，树上的喇叭是居高临下。喇叭的嘴巴很大，嗓门也很高，喇叭一响，全村的人都听见了。这表明村里通电话了。因为电话的线路少，只有村长家安了电话。外出的人来了电话，都是打到村长家里，由村长家里的人通过大喇叭喊人去接。用大喇叭喊人带有传呼性质，是收费的，传呼一次，收一块钱。村里外出的人多，打回的电话也不少，几乎每天都有人往村里打电话。电话来自全国各地，有北京上海深圳，也有山西新疆内蒙古。一部电话，把全国的大城市都连起来了，把各地的消息都接收到了。听到村长的老婆在大喇叭里喊她时，宋家银正在厕所里撒尿，刚撒了一半。金光家妈，肯定是她，她儿子叫杨金光。让孩子把娘喊成妈的，也只有她家。电话是北京来的，这也很对，因为杨成方在北京工作。杨成方从来没往家打过电话，这一次怎么想起来打个电话呢？宋家银激灵了一下，没等把剩下的一半尿撒完，就边提裤子，边向村长家跑去。电话不是杨成方打来的，是杨二郎打来的，杨二郎告诉宋家银，杨成方让人家给抓起来了，弄走了，关在哪里，他也不知道。宋家银的脸一下子白了，连嘴唇都白了，一点血色都没有。同时，她身上不由自主地哆嗦起来，拿电话的手哆嗦得像拿着一件小型振动器。别看她对杨成方那么厉害，其实这个女人的胆子是很小的，事情一到她头上，她就吓坏了，她就蒙了，六神无主了。村长老婆就在她身边，一直瞅着她的脸，她的嘴。杨二郎说话的声音很大，不用说，村长老婆也听见了。村长老婆见她拿着电话的嘴，找不到自己的嘴，就教她说话，让她问为啥。那么她就问："为啥？"她问得小声小气，像是被谁掐住了脖子，脖子变得像电话筒子一样细。杨二郎说，他也说不清楚，听说是拿人家的东西了。偷人家的东西，说得好听一点，就是拿人家的东西。这种说法宋家银明白。村长老婆继续让她问，拿人家啥东西了。这一次宋家银没有听村长老婆的，她大概记起自己的面子了，替杨成方辩护说："杨成方那么老实，胆小得跟虱子一样，他怎么敢动人家的东西！不会吧？"杨二郎没有跟她多说，最后跟她说的是："反正我跟你说了，你赶快来吧！"放下电话，那些话还在她脑子里轰轰作响，还没有放下，她忘了交钱。村长老婆提醒她,把钱交了,一块钱。她低着头已经走到门口,只得又站下了。她喊村长的老婆喊婶子,说今天来得匆忙,身上没带钱,改天再送来。她像是又想了什么,对婶子说:"电话里边的事别跟别人说。我不相信金光家爸会动人家的东西。"村长老婆没有承诺不对别人说,她说的还是交钱的事,说有的人说的是改天送来,改着改着就没影了。宋家银听出来了,她今天若不及时交上一块钱,杨成方被抓走的事马上会传遍全村。她说:"我再看看,兜里有没有赶集买东西剩下的钱。"其实她身上带的有钱,有一卷子零钱呢,她嫌村长老婆要钱太多,不想掏这个钱。作为要村长老婆替她保密所付出的代价,她才把一块钱从钱卷子里剥出来了。她说:"巧了,兜里正好有一块钱。"

宋家银怎么办?她从小就听说过关于"北京的声音"这个词,这个词似乎和最新的消息最好的消息联系着,北京的声音近乎神圣,一听说是北京的声音,人们马上就得肃然起敬,同时要作好激动和幸福的准备。宋家银这次接到的电话,不能说不是从北京传过来的声音,但这个声音没给她带来什么好消息,也没让她觉得幸福无比,而是一下子把她击垮了。从村长家回到她家不算远,但她的腿软得如同被人抽去了大筋,像是走过了千里万里。回到家里,她往床上一栽,一口气才出来了,她说:"我的娘啊,倒霉事咋都跑到我头上了呢!"她听见了自己的哭腔,眼泪随即也下来了。老四出事时,她估计得轻。杨成方被抓,她估计得重。她估计,杨成方一被人家抓起来,就得判徒刑。要是杨成方被判个十年八年的,谁给这个家挣钱?她家的日子怎么过?村里人知道她男人成了罪犯,她的脸往哪儿搁?她今后怎么出门?还有她的一双儿女,一说他们的爸爸进了监狱,孩子怎么受得了?孩子的名誉怎么办?孩子的路怎么走?宋家银没有哭长,她爬起来找公爹去了。杨成方是她的男人,也是公爹的儿子,她认为公爹有责任搭救儿子。公爹也没有什么好办法,公爹带她到乡政府找房明燕的爹去了。房明燕的爹已从副乡长升到乡长,又升成了乡党委书记,成了全乡的第一把手。宋家银没有拒绝去找房明燕的爹。事情既然到了这般地步,救男人要紧,谁的手大抓谁的,谁的腿粗抱谁的。他们找房明燕的爹,没有通过房明燕。房明燕不在家,到油田找老三去了。房明燕生了孩子,孩子才一岁多,她就带着孩子到城里去了。油田已经建成了一座石油城。据说房明燕已给孩子在石油城里买下了户口,孩子算是城里人了,以后孩子上学,工作,都是在城里。房明燕在村里盖的砖瓦房还在那里，院子的门上锁着一把起了锈的铁锁。前几天，宋家银路过房明燕的家门口，还推开门缝往里张望过，只见院子里的地上长满了蒲公英，开了一层小黄花。宋家银认为，家里还是不能没人，如果人都走了，野草就把院子占了，院子就废了。天长日久，房子也会生病，倒塌。

公爹没有敢跟房明燕的爹拉亲戚关系，把亲家叫成房书记。宋家银也只好跟着叫房书记。房书记听宋家银说了杨成方的情况，说这没办法，谁都没办法。房书记的观点，在哪儿犯事也不能在北京犯哪！北京那是啥地方，一草一木都连着国家的心脏，你动一棵草，心脏就得跳几下，警察就得出动，人家不抓你抓谁！有些事，放在咱们这儿，也许不算什么事，放在北京，那就是大事，知道吧！公爹问，能不能花点钱，把看守杨成方的人买通一下，把杨成方的罪减轻一点。要是能把杨成方放出来，更好。房书记笑了，说："我怕你们拿着钱送不出去。北京的人都是见过大钱的主儿，你们递几个小钱儿，人家根本看不上，说不定连用眼夹都不夹。你们想多花点钱也麻烦，如果送钱送错了人，碰上一个铁面无私的，人家把你的钱没收了，再拿你一个行贿罪，你就得吃不了兜着走。"公爹和宋家银都被房书记的话吓住了，还没去北京，好像已经领教了北京的厉害。房书记大概念及亲戚情面,最后总算没让公爹和宋家银失望。房书记说,他认识一个人,在北京一家报社当记者。他把记者的地址抄给宋家银,让宋家银去找找那个记者,先打听一下情况。

十一

宋家银把家托给公爹看管,只身到北京去了。她没有把家托给婆婆,她怕婆婆趁机挖她家的麦,卖她家的粮食。尽管如此,她还是在麦苨子里埋了几个鸡蛋,给麦子做了记号。她想到了,她外出期间,婆婆难免会到她家去,须知公爹和婆婆穿的是连裆裤,婆婆挖她家的小麦,公爹不会干涉。

从未进过大城市的宋家银,一来就来到了首都北京。一路上她惶恐得很,心里一点底都没有。到北京,她当然要先找杨二郎。杨二郎打电话让她来,她不找杨二郎找谁!杨二郎在北京拾破烂的年头比杨成方长得多,人家不抓杨二郎,却把杨成方抓起来了,这不合理。她乘坐的火车是一大早进北京城的,她找了一天,直到天快黑了,才找到杨二郎住的地方。她进了城，还得从城里退出来。她退了一程又一程，问问，离她要找的地方还很远。她原来想着，北京城会比他们的村庄大些，十来个村庄合起来，就大得不得了啦。不料想北京会这么大，恐怕一百个村庄合起来，也抵不上北京城的一个角，天哪！后来宋家银退到了城外，退过一片庄稼地，又退过一块菜园，才在一片垃圾场的旁边把杨二郎找到了。杨二郎住的是一间烂砖和油毡搭建的小棚子，棚子顶上压的还有塑料布和砖头。杨二郎说，这房子是当地人建的，租给他们这些拾破烂的人住。他和杨成方，还有另外两个人，合租这一间房。宋家银低下头进了棚子，见棚子的地上打着一个地铺，地铺上胡乱扔着几团被子。宋家银一眼就把杨成方的被子认出来了。尽管杨成方的被子旧得不能再旧，脏得不能再脏，烂得不能再烂，宋家银还是认出来了。那是一床粗布里粗布表的印花被子，杨成方在县城当临时工时，盖它；杨成方在郑州拾破烂时，盖它；来到北京，杨成方还是盖它。杨成方给家里寄回那么多钱，她用杨成方挣的钱盖了宽敞明亮的六间房。她还买了软床，床上的被子，铺一双，盖一双。可杨成方连床新被子都舍不得给自己买，杨成方太苦自己了。听说北方的天气到冬天是很冷的，在数九寒天，杨成方盖着这样一条渔网样的破被子，不知是怎样熬过来的。宋家银鼻子发酸,她有些心疼杨成方了。

杨二郎告诉宋家银,杨成方没拿人家什么值钱的东西,就是一个铝合金的梯子。人家用完梯子,把梯子暂时放在墙边。杨成方大概以为人家不要梯子了,就把梯子扛走了。谁知杨成方还没走出多远,就被戴红袖箍的治安联防队员看见了,联防队员就把杨成方扭送到派出所去了。杨二郎说,这些情况原来他也不知道,有一个老乡,那天跟杨成方一块儿出去拾破烂,抓走杨成方时他都看见了。宋家银问杨二郎,杨成方现在在哪儿。杨二郎说不知道。在那里拾破烂的也有女人。宋家银跟几个女人在一屋挤了一夜,第二天,她让杨二郎跟她一块去找那个记者。杨二郎不想去,他说他今天还有事儿,还要出去。杨二郎的事无非是拾破烂,无非是怕耽误他拾破烂。按辈数,宋家银应该喊杨二郎二叔,她说:"二叔,北京这么大,我到这里两眼一抹黑,你不带我去,我到哪儿摸去。"杨二郎说北京这么多公共汽车,宋家银可以坐车。杨二郎还是想让宋家银自己去。宋家银有些生气,说:"二叔,俺的人不知是死是活,让你帮助找个人打听,你推三推四的,有点说不过去呀!"杨二郎说,不是他不想去,他对北京也不熟,见了记者他也害怕,还有一个问题,坐车谁掏钱。宋家银明白了,原来船在这儿湾着。杨二郎每次回家都穿得人五人六，吹得七个八个，都以为他肥得流油了，原来这么小气，村里人来找他，他连个车票钱都不愿掏。宋家银说："坐车我掏钱，行了吧！"杨二郎说："谁掏钱问题不大，我是把丑话说在前头。"

他们坐汽车跑了很远的路，又换了两路汽车，七拐八拐，才来到那个记者所在的报社。报社门口有人把门，不让他们进。他们说了记者的名字，把门的人给记者打了电话，记者从楼上下来了。记者是个年轻人，穿着西装，打着领带，很板正的样子。他对宋家银和杨二郎说："我不认识你们哪。"宋家银赶快抬出房书记的牌子，说是房书记让找他的。记者点点头，说房书记，他知道。他问宋家银有什么事，说吧。记者没有带他们上楼，也没让他们去楼下的会客室，带他们到门外一侧站着去了。杨二郎果然拘谨得很，连话都不敢说。宋家银跟记者说了杨成方的事。记者认为不好办，人进去容易，出来难，他也没什么办法。他顶多帮助打听一下，杨成方关在哪里，所犯的是什么事，严重不严重。宋家银从兜里掏出一卷儿大票子，递向记者，让记者帮他打点。说她知道的，现在求人都得花钱。记者躲着身子，说："我怎么会要你的钱，我一分钱都不要。就这样吧，你们后天再来，我打听到什么情况，就告诉你们。"记者又说，"其实你们不来也可以，给我打个电话就行。"他掏出一张名片，递给宋家银，说上面有他的电话。

往回走时，他们没有马上坐汽车，杨二郎带着宋家银走一些小街。杨二郎说是带宋家银看看北京的街，其实是为了替宋家银省点车票钱。他见宋家银攥着一卷儿钱，这样坐车也很危险，要是被小偷盯上就麻烦了。他一再对宋家银说："把钱放好。"宋家银把攥钱的拳头握紧再握紧，说放好了。走在小街上和住宅区，他们不时地能看见一个拾破烂的人。那些人都是一手提着特大号的蛇皮袋子，一手拿着一只钢筋窝成的小钩子。因为那些人只拾破烂，不拾人，所以他们一般不看人，只看墙角、地面和垃圾道的出口。一旦发现有人注意他们，他们匆匆地就躲开了。他们显然是这个城市的另类，这从他们的穿戴和面目上都看得出来。他们穿的衣服都不讲究，都很廉价，还有些脏污。他们的面目不是发黄，就是发黑，一个两个都显得很老相。他们不刷牙，也很少洗头。他们一张嘴牙还是黄的，头发还是黏的。所以他们尽量不张嘴，也尽量不抬头。那些人当中，有男的，也有女的。宋家银一看见那些女的，就认出跟她是同一个地方的人。只有她那地方的人，头上才包着一块带蓝道儿的毛巾，包头才是那样的包法。主要标志还是那些女人的脸型。宋家银也说不清那种脸型有什么特别的地方，她只觉得那种脸型有不少相同的地方，像是你模仿我，我模仿你，模仿成了一种带有标志性的模式。宋家银看见两个妇女在地上坐着啃干馒头。这种直接把屁股坐在地上的坐法，也是她们那地方所特有的。宋家银不敢多看那两个妇女，那两个妇女好像是两面镜子，她一看就从镜子里照见自己了。那两个妇女大概也认出了宋家银跟她们是同一个地方的人，并对宋家银跟一个男的同行有些疑问，就把两面"镜子"举起来，对着宋家银。宋家银不敢回头，赶紧走了。

又往前走了一段，他们看见一个老头拖着一个妇女，不知往哪里拖。老头着装整齐，显然是城里人。而那个妇女，一看就是在城里拾破烂的农村人。妇女突然往地上一堆，坐在那里不走了。老头认为妇女耍赖，使劲拉着妇女的一只胳膊往起拉，却拉不起来。妇女的垃圾包还在肩膀上挎着，铁钩子还在手里拿着，面色苍黄，恐惧得很。老头拉着妇女的胳膊不撒手，他说："大天白日，你敢偷东西，不行，跟我去派出所！"这时有人凑过去了，问怎么回事。老头说："人家单身职工在院子里晾的秋裤，被风吹得掉在地上了，她跳进栅栏，就把秋裤偷走了。她以为我看不见，我是干什么的！这座单身职工楼已经丢了好几件衣服了。"那妇女说："我不是偷的，我是在地上拾的。我还给你了。"老头说："还给我也不行，今天非得让派出所的民警好好教训教训你。说不定以前丢的衣服都是你偷的。"说着，老头又使劲拽妇女的胳膊，把妇女的胳膊拽得像一根拴羊的绳子一样。那妇女身子往上一长，两只膝盖冲老头跪下了，喊老头大爷，哀求老头，让老头放了她。老头大概没料到妇女会来这一手，会对他下跪，他不由得把手松开了。妇女以为她的下跪生效了，老头对她开恩了，不料，她爬起来要逃时，老头又一把将她逮住了。说来这老头真够负责的，无论那妇女怎样求饶，甚至冲他磕头，他就是不放人家走。老头一拉，妇女就下跪。停一会儿，老头又一拉，妇女又跪下去。宋家银和杨二郎不敢靠前，只在旁边看着这一幕。杨二郎几次小声催宋家银快走，宋家银没有走，她想看看事情最终会有什么结果。老头耍猴儿一样让妇女跪来跪去，事情老也不见结果，他们只好走了。宋家银想到了杨二郎带回家的那些衣服，不知杨二郎是不是使用和那妇女同样的方法拾来的。宋家银还想到了杨成方，杨成方也许就是这样被人家送到派出所去的。就是不知道杨成方给人家下跪没有。北京的地硬，不是石头地，就是水泥地，膝盖跪在地上是很疼的。宋家银不知道那妇女的膝盖疼成什么样，她还没有下跪，就似乎觉得自己的膝盖已有些隐隐地疼了。她原以为城里千般都是好的，没想到农村人到城里这样低搭，是跪着讨生活的。

第二天，宋家银就给记者打电话询问情况。记者没让宋家银失望，他告诉宋家银，他打听过了，杨成方是治安拘留十五天，到了天数，人家就会把杨成方放出来。宋家银和杨二郎算了算，杨成方已进去十三天，如果记者打听到的消息是真的，再过两天，杨成方就该放出来了。等到第三天中午，宋家银总算把杨成方等回来了。杨成方拾破烂大概拾习惯了，人家刚把他放出来，他还没有走回驻地，就开始重操旧业。他拾到的有空矿泉水瓶子，有废报纸，还有一些硬纸壳子。由于没带拾破烂的蛇皮袋子，他就把拾到的破烂抱在怀里。杨成方见到宋家银，未免吃了一惊，问："你怎么来了？"这几天，宋家银想的都是杨成方对家里的好处和杨成方在外面所受的苦，酝酿了一些感情。她打算，等杨成方出来后，她要把感情使出一些，把杨成方安慰一下。她在电视上看见过，一些久别的亲人重逢后，都要互相抱一下，哭一鼻子。如果可能，她也要跟电视上的做法学一学。一见到杨成方，她所酝酿的一包子温和的感情不知跑到哪里去了，好像很快转化成一种不良的气体，气体脱口而出,她反问:"你说我怎么来了?这都是你干的好事!"杨成方抱着的破烂脱落在地上,人一时像傻了一样。这时候的杨成方,怎么也应该哭一哭。从哪个角度讲,他也应该哭一哭。才四十来岁的人,杨成方的头发已白了大半。杨成方很瘦,脖子显得很细,人也越发地黑。杨成方额头上皱纹很深,眼角的皱纹也成了撮。杨成方的门牙掉了一颗,不知是自己跌落的,还是被人家打落的。他的两个门牙之间的牙缝子本来就宽,本来就关不上门,门牙这一掉,等于门掉了一扇,看去更简陋了,甚至有些破败。谢天谢地,杨成方这一次总算掉了眼泪。他这次并没有怎么努力,没有挤眼,也没有撇嘴,眼睛只是那么眨了眨,他的眼睛就湿了,眼泪就流下来了。杨成方的眼睛早得太久了,老天爷是该赏给一点眼泪了。不然的话,一个人想哭哭,都哭不成,未免太可怜了。宋家银看见了杨成方的眼泪,杨成方的眼泪是金贵的,一见杨成方终于落了泪,宋家银的态度就转变了,刚才消散的温和感情回来了一些。她劝杨成方:"好了,别难受了,只要人回来了就好。你不知道,这些天我的日子是咋过的,我的心一天到晚揪巴着,想哭都哭不出来。"这样说着,宋家银的鼻子一吸溜,眼泪流了一大串。她问杨成方:"人家打你了吗?"杨成方摇摇头,说没有。杨成方问宋家银,他被人家抓走的事，是谁告诉宋家银的。宋家银说是杨二郎。杨成方顿时有些生气，他的头拧着，咬了牙，嘴角有些哆嗦，几乎骂了杨二郎，埋怨杨二郎多嘴，谁让他告诉家里人的。宋家银没见过杨成方生这么大的气，看来杨成方锻炼得可以了，不但会流眼泪，脾气也见长了。宋家银说："你不能埋怨杨二郎，人家也是一番好意。"

宋家银让杨成方去理发店理理发，刮刮脸，马上跟她一块儿回家。杨成方说："回家干啥，我不回去！"宋家银说："叫你回去，你就得回去。"杨成方不敢再犟嘴，但他说，离麦子成熟还早着呢，到收麦时他再回去也不晚。宋家银说："你以为我让你回去收麦子呀，我是让村里人看看你，你还活着呢！你知道不知道，村里人一听说你让人家抓起来了，说什么的都有。有的说你至少得蹲十年大牢，有的人说要枪毙你。"杨成方眉头皱了一会儿，像是费力思索了一下，同意回去。

十二

跟宋家银估计到的情况差不多，杨成方被抓的消息在村里一传开，加上宋家银到北京去找丈夫，村里的确议论得沸沸扬扬。几乎一致的意见是，杨成方这一回是犯下大案了，不杀头也得坐监。不知是谁说的，宋家银这次上北京，里面的衣服上缝了好多口袋，把家里所有的钱都带上了，她去北京是花钱托人，想从监里扒回杨成方的一条命。人们都愿意相信这话，相信宋家银确实负有那样的使命。同时人们认为，宋家银平时抠唆得很，连一根汗毛都舍不得出，这一次不是出汗毛的事，恐怕要出血了。杨成方为宋家银挣了那么多的钱，宋家银别说为杨成方花钱了，她把杨成方撑得成天价不着家，恐怕连杨成方的身子都没给搂热过。这一回，宋家银该在杨成方身上花点钱了。由此，村里人还议论到当地人在城里拾破烂的事。他们说，光靠拾破烂，挣不到什么钱，发财更谈不上。说是拾破烂，主要靠偷。拾破烂的人夜里都不睡觉，白天瞄好哪里有建筑工地，工地哪个角放的有建筑材料和脚手架子，后半夜就潜过去，偷人家的东西。逮什么偷什么。他们还制有挑竿子，见人家阳台上晾的有衣物，就用挑竿子给人家挑下来。过春节时，见人家窗外的窗台上放的有鸡鸭鱼肉，也给人家挑下来。他们偷红了眼，白天也敢偷，连人家正做饭的铝锅都不放过。因偷铝锅的细节比较生动，在村里传得最为广泛。说是他们拾破烂路过一家人家门口，拿眼往门里一瞥，见煤火炉上坐着一口铝锅，锅里正煮着面条。须知铝锅是可以当废品卖钱的。趁锅前无人，他们以最快的速度，拐进屋里，拎起铝锅，把里面的面条倒掉，把铝锅放在地上踩巴踩巴，踩扁，放在垃圾袋子里，走人。他们走出好远，还听见那家煮面条的人满屋子找锅呢。

宋家银和杨成方，是以衣锦还乡的面貌在村头出现的。脸上的表情，是树上的鸟儿成双对，夫妻双双把家还的表情。宋家银花了几十块钱，给杨成方买了一身化纤布的灰西装，还给杨成方买了一根红领带。杨成方从未穿过西装，更没系过领带，他因祸得福，鸟枪换炮了。可杨成方不愿穿西装，系领带。宋家银把他身上的烂脏衣服扯巴下来，就把西装给他套上了。宋家银说："你以为我打扮你呢，你哪一点值得打扮！我是为着两个孩子，借一下你的身子用用。"系领带时，宋家银把杨成方折腾得龇牙咧嘴，怎么系都不像那么回事。宋家银说："我看人家系领带，脖子里都系成一个大疙瘩，我怎么系不成大疙瘩呢！"杨成方说："我看别往脖子里系了，当裤腰带系算了！"宋家银说："放屁，系在裤腰上谁看得见！"杨成方吭吭哧哧，说："你干脆把我勒死吧。"宋家银毫不妥协，说："勒死你，你也得给我系上！"后来，还是杨二郎找到房东，请房东把领带系成一个套子，把套子给杨成方拿回来了。宋家银让杨成方把脑袋伸进套子里。上吊似的把活扣儿一拉，杨成方才算把领带系上了。为了和杨成方相配套，宋家银给自己也买了一件花格子上衣。

两口子赶到家时天还不黑，这很好。一路上，宋家银怕到家时天黑下来，那样，村里人就不能及时看到杨成方，她也没法开展宣传。她催着杨成方紧赶慢赶，到村头时总算拉住了太阳的一点尾巴。看见一个人，宋家银就笑着，朗声朗气地跟人家打招呼，让杨成方给人家敬烟，给人家点烟。人们看见妆扮一新的杨成方，未免有些惊奇，未免多打量杨成方几眼。但他们把惊奇掩盖着，问宋家银和杨成方，这是从哪里回来。宋家银等的就是这种提问，她说："北京，我到北京去了几天。成方说北京多好多好，打电话非让我去看看。"问话的人对杨成方有些称赞，说成方行了，抖起来了。杨成方把脖子里拴的领带摸了摸，他觉得有些出不来气。问话的人对宋家银也有恭维，说："你也行呀，跟着成方，光落个享福了。"宋家银不否认她跟着杨成方享福，她说北京就是好，能到北京看看，这一辈子死了就不亏了。宋家银就这样一路走，一路重复宣传这一套话。她要让人们相信，杨成方没有被人抓过，她此次进京，也不是为了花钱从监里往外扒杨成方，她是应杨成方的热情邀请，到北京游览观光。也有人向宋家银提出疑问，不是听说……，宋家银不等人家把话说完，就说那是造赖言，是杨成方怕她不去，才让杨二郎给她打电话，才编了瞎话。她当众转向指责杨成方，说："什么样的瞎话不能编呢，非要编那样的瞎话，不知道的，还真以为你犯了什么事呢！"杨成方无话可说。他能说什么呢？

去了一趟北京，宋家银对城市有了新的认识，那就是，城市是城里人的。你去城里打工，不管你受多少苦，出多大力，也不管你在城里干多少年，城市也不承认你，不接纳你。除非你当了官，调到城里去了，或者上了大学，分配到城里去了，在城里有了户口，有了工作，有了房子，再有了老婆孩子，你才真正算是一个城里人了。宋家银很明白，当城里人，她这一辈子是别想了。当工人家属，也不过是个虚名。现在工人多了，有没有这个虚名，已经不重要了。杨成方也指望不上。杨成方从县城，到省城，到北京城，现在又到了广州城，前前后后，他在城里混了二十多年。他混了个啥呢，到如今还不是一个拾破烂的。拾了半辈子破烂，杨成方自己差不多也快成了破烂，成了蝇子不舍蚊子不叮的破烂。总会有那么一天，城里人会以影响市容为理由,把杨成方清理走,像清理一团破烂一样。女儿杨金明初中毕业后,也到城里打工去了。女儿跟一帮小姑娘一起,去的是天津,是在天津一家不锈钢制勺厂给人家打磨勺子。对于女儿将来能不能成为城里人,宋家银觉得希望也不大。女儿文化水平不高,心眼子不多,长得也不出众,哪会轮到她当城里人。女儿每月的工资有限,吃吃住住,再买点衣服和洗头搽脸描眉毛的东西,所剩就不多了。宋家银对女儿说,她不要女儿的钱。但是有一条,以后女儿出嫁,她也不给女儿钱,女儿的嫁妆女儿自己买。说下这个话,她是要女儿学着攒钱,别花光吃光,到出嫁时还得吃家里的大锅饭。女儿在攒钱方面继承了她的传统,每隔一月俩月,女儿都会寄回一百二百块钱。女儿还知道顾家,春节回来时,女儿从天津捎回一大坨炼好的猪油。宋家银一看就乐了,说:"你这个傻孩子,千里迢迢带这沉东西。如今芝麻榨的香油都吃不完,哪里吃得完这么多猪油!你在厂里造勺子,带回来几个小勺也好呀!"女儿也乐,让妈把猪油放进锅里,烧把火化化吧。宋家银把成坨子的猪油放进锅里化开,准备把猪油舀进一个罐子里。她用勺子在油锅里一搅,下面怎么哗啦哗啦响呢?兜底一捞,宋家银眼前一亮,捞上来的不是别的,正是不锈钢的小勺子。小勺子沉甸甸的，通体闪着比银子还要亮的银光，甚是精致，喜人。宋家银把小勺子捞出一把，又一把，一共捞出了十六把。勺子捞多了，宋家银喜过了，心上也有些沉。她想起杨成方被人抓走的事，对女儿说："以后别再拿厂里的勺子了，让人家检查出来就不好了。"

宋家银只有把全部希望寄托在儿子杨金光身上了。儿子的学习成绩还可以，第一次参加高考，只差二十来分够不到大学的录取分数线。宋家银让儿子回学校复习一年，来年再考。她有她的算法，通过复习，就算每个月补上两分，一年下来，二十多分就补上了。儿子不想再复习了，就是再复习一年，他也不能保证自己一定能考得上。儿子说，他要出去打工。为了教育儿子，宋家银哭了，哭得一把鼻涕一把泪，很伤心的样子。她数落儿子没志气，没出息。"打工，打工，你到城里打工打一百圈子，也变不成城里人，到头来还得回农村。"她拿拉磨的驴作比方，说驴也成天价走，走的路也不算少，摘下驴罩眼一看，驴还是在磨道里。她对儿子说，现在没有别的路了，只有上大学这一条路。儿子只有上了大学，才能转户口，当干部，真正成为城里人。宋家银不知听谁说的，进城打工的人，不管挣多少钱，都不算有功名，只有拿到大学文凭，再评上职称，才是有功名的人，才称得上是公家人。宋家银说，她这一辈子没别的指望了，就指望儿子能考上大学，给她争一口气。就是砸锅卖铁，她也要供儿子上大学。胳膊拗不过大腿，杨金光只得回学校复读去了。

在村里，宋家银不承认儿子没考上大学，她对别人说，杨金光考上大学了，只是录取杨金光的学校不够有名，不太理想，杨金光想考一个更好一些的大学。"现在的孩子，真是没办法。"杨金光上学住校，只有星期六星期天才回家来。儿子一回家，宋家银就把儿子圈羊一样圈起来，不让儿子出门，让儿子在家集中精力复习功课。天热时，她不让儿子开电扇，说怕电扇的风吹着了儿子的作业本子，影响儿子写作业。电扇本身也有声音，一开动吱吱呀呀的，对学习也不好。儿子不听她的，她刚一离开，儿子就把电扇打开了。一听见她的脚步声，儿子就把电扇关上了。宋家银说儿子是跟她打游击，说："一点热都受不了，你能学习好吗！"儿子顶了她，说："什么学习学习，你还不是怕费电，怕多交电费。"宋家银说："怕交电费怎么了？我就是怕交电费！家里的一分钱来得都不容易。为给你交学费，你不知道你爸在外边受的那是啥罪。等你爸回来你问问他，在外边几十年了，他舍得吃过一根冰棍吗！你要是考不上大学，首先就对不起你爸爸！"杨金光把书本作业本一推，站起来出去了。宋家银问他去哪儿，他不说话。该吃晚饭了，儿子也不回家。宋家银这里找，那里找，原来儿子到老孙家看电视去了。她家只有一台很小的黑白电视机，是杨成方拾破烂从广州拾回来的。电视机的接收效果很不好，老是闪。就是这样的电视机，宋家银也不让儿子多看。而老孙家的电视机是大块头的彩色的电视机，要好看得多。宋家银一见杨金光在老孙家看电视，电视上都是一些乱蹦乱跳的女人，她呼地一下子就生了一肚子的气。这些气不知在哪里藏着，说生就生出来了。好比单裤子湿了水，把裤腿扎上，用裤腰凭空一兜，就装满了一裤裆两裤腿的空气。宋家银不能不生气，一方面，儿子看电视耽误学习。另一方面，老孙家有彩电，她家没彩电，儿子到老孙家看彩电，也显得儿子太没志气。宋家银把满肚子的气按捺着，没有发作，没有吵儿子。在这里吵儿子，她怕老孙家的人看笑话。她装作温和地说："金光，吃饭了。"杨金光说："我看完这一点，你先回去吧。"又停了一会儿，宋家银说："这有啥看头，走吧金光，回去吃饭。"杨金光的口气又生硬，又不耐烦，说："我现在不饿，不想吃。"宋家银几乎忍不住了，好像装了一裤子的气，几乎要把裤子撑破。但她在肚子里咬了咬牙，还是忍住了，她说："那我先回去了。"

当晚，宋家银和儿子都没吃饭。宋家银又哭了。儿子大了，她打不动儿子了。对儿子骂多了也不好，她的办法只有哭。她说："你要是不好好学习，别说对不起你爸爸，连你妹妹都对不起。"杨金光回学校复习一年，需要向学校交两千块钱的复读费。宋家银拿不出那么多钱，就把女儿杨金明寄回的钱拿出来添上了。她跟女儿说的是不动女儿的钱，把女儿寄回的钱都攒下来，以后给女儿置办嫁妆。手里一急，她只好把女儿的钱拿出来救急。杨金光大概没想到，他一个当哥哥的，花的竟是妹妹外出打工挣的钱。他的眼睛湿了，看样子像是受了触动。

有人给杨金光介绍对象，女方是杨金光初中时的同学。据说是女同学看上杨金光了，托人从中牵线。宋家银一口把人家回绝了。她对媒人说，杨金光不准备在农村找对象，杨金光上了大学，在城里工作以后，要在城里找对象，在城里安家。宋家银设计得很远，她说等她有了孙子，孙子自然就是城里人了。宋家银这样做是破釜沉舟的意思，等于把儿子的退路给堵死了，儿子只能前进，不能后退。

杨金光复读完了，却没有参加高考。高考前夜，他离校走了。临走前，他留给同学一封信，托同学把信寄给他妈妈宋家银。儿子说，他考虑再三，决定不参加高考了。万一今年再考不上，妈妈会受不了的。他决定还是出去打工，不混出个人样儿就不回家。他要妈妈不要找他，也不要挂念他。找他，也找不着。到该回去的时候，他一定会回去的。

宋家银把儿子的信收好，果然没张罗着去寻找儿子。有人劝她赶快到报社，到电视台，去登寻人启事，去发广告，她都没去。她不想让别人知道儿子的事，也不想花那个钱。她相信儿子能混好。

2002年10月26日至11月23日于北京小黄庄